致我们终将逝去的青春

So Young

李樯　编剧作品

北京联合出版公司

图书在版编目（CIP）数据

致我们终将逝去的青春 / 李檣编著. —北京：北京联合出版公司, 2013.4

ISBN 978-7-5502-1395-1

Ⅰ. ①致… Ⅱ. ①李… Ⅲ. ①电影文学剧本—中国—当代 Ⅳ. ①I235.1

中国版本图书馆CIP数据核字（2013）第047381号

致我们终将逝去的青春

编　　著：李　檣

责任编辑：刘　凯

封面设计：崔晓晋

版式设计：姜　唐

北京联合出版公司出版

（北京市西城区德外大街83号楼9层 100088）

北京慧美印刷有限公司印刷 新华书店经销

字数：126千字　880毫米×1230毫米　1/32　印张：6.5

2013年5月第1版　2013年5月第1次印刷

ISBN 978-7-5502-1395-1

定价：28.00元

1_
郑微的梦境

漫天大雪。

一个衣衫褴褛十七八岁的女孩，走在空寂无人的街道上。悠扬的圣诞钟声正敲响着。她手里捧着一大捆巨大的火柴，不时地哈气温暖着自己的双手。

卖火柴的小女孩是郑微。郑微看见路边一个橱窗，奔了过去。

橱窗里是一只金光闪闪的烧鹅。郑微吞咽了一口唾沫，抽出手里的一根火柴在墙上划着了。

在火焰的光亮中，郑微看见自己正狼吞虎咽地享受着美味的烧鹅。

郑微目瞪口呆，吓得在冰冷的寒风中跌跌撞撞地跑远。

路边有一个拱圆形的门洞，郑微躲了进去。

郑微靠在门洞里的一扇大门上喘息着，门轰然开了。

门里是一望无际的森林。一棵巨大的树下有一个古怪的闪着灯火的木屋，满地跑着珍禽异兽，有一只巨人般的熊猫面无表情地望着远方。

郑微腿一软摔倒在草地上。她刚仰起脸，一个身穿华袍、头戴羊角般皇冠的皇后站在她的跟前，正虎视眈眈地打量着她。

皇后的两旁一左一右跟了两个弄臣，一个是小矮人，一个是踩着高跷的官员。

郑微（声嘶力竭地）：我是真正的公主！

皇后忽然仰天长啸，伸出了她锐利的鸟禽般的双手。

皇后的笑声戛然而止，她垂下头，阴沉地望着郑微。

皇后（命令道）：你跟我来！

这时郑微才看清楚，皇后的人中上长着一个黑色的巨大的痦子，而且上面还长着一根黑毛。

郑微睡在厚厚的铺了有二十层的鹅绒被上。

黑暗的屋子里，忽然出现了绚丽的光彩。一双水晶鞋摆在地上，忽然又不见了。郑微下意识地醒过来，“腾”地坐了起来。

皇后和她的两个弄臣正站在她的床旁窥视着她。

皇后（冷冰冰地）：晚上睡得怎么样啊？

郑微（讨巧地）：虽然铺了二十层的鹅绒被，但我依然觉得，身下有一颗豌豆硌着我。

郑微话音刚落，床边一棵树上的鸟巢里猛地钻出一个二十三四岁的男人。

男人（恶狠狠地叫道）：那根本不是豌豆，是个打火机！

这人竟然是林静，并且穿着现代的衣服……

2_

火车上.日.内景.夏.20世纪90年代中

郑微尖叫着猛然从噩梦中惊醒，嘴上还流着口水。

她邻座的一个中年男人被她的尖叫声吓得也从梦中惊醒，狐疑地看着郑微。

郑微自知失态，赶紧擦擦口水，嘿嘿地干笑着。

郑微（低声念叨）：打火机……打火机……

郑微下意识地扭头审视邻座的中年男人。

中年男人竟然跟她梦里的皇后长得一模一样，人中上长着一个黑色的巨大的痦子，而且上面还长着一根黑毛。

3_

一个南方省城的火车站台上.日.外景.夏

火车站台上，旅客们都已散尽。

郑微一个人孤零零地站在行李旁，焦急地四下张望，在等着什么人。

林静躲在远处的一个角落，暗中看着郑微，面色犹疑。

郑微失望地拎起行李，独自离去。

出片名

致我们终将逝去的青春

4_
建筑学院门前.日.外景.夏

老张、许开阳、少年大学生、小胖，四个男生容光焕发地一字排开，引颈恭候着。

另外三个男生也雀跃地从校门里奔出来。

许开阳扭头斜了他们一眼，三个男生立马像遭了霜打，畏缩到许开阳四人身后。

一个枯瘦眼镜女生艰难地拖着自己的大行李出现在校门口，看到许开阳他们，投去求助的目光。

许开阳、老张视而不见，迅速将眼光射向一旁的少年大学生。

老张：赶紧吧，别挑肥拣瘦的！

少年大学生只好臊眉耷眼地上前去帮枯瘦女生拿行李。

枯瘦女生满心欢喜地连声道谢。

一辆出租车停在门口，下来一个肥胖女生。

老张做陶醉状。

老张：真销魂呀！

许开阳立刻扭头拍了拍身边的小胖。

许开阳：Honey！配上了，过去吧！

小胖一脸委屈，硬着头皮走向胖女生。

胖女生从后备箱里拎出自己的行李，抬眼看到小胖就气急败坏地瞪了他一眼。

小胖（张嘴叫了一声）：师妹！

胖女生恶狠狠地将行李扛到自己肩上，径自离去。

小胖跟过去，哀求似的嘟囔着。

小胖：让我来让我来！

许开阳和老张正坏笑着，忽然都收了笑容，呆住。

郑微从一辆出租车里出来。

老张抢先一步朝郑微奔了过去，脸上挂着特有的热情和故作老成的笑容。

老张：同学你是新生吧？哪个系的啊？

郑微：我土木工程的。

老张：那我就是你师兄了！

老张麻利地从口袋里掏出一张名片，递给郑微。

老张：这是我名片。我叫张开。

郑微看一眼名片，忍不住乐起来。

郑微：你叫张开？你哪儿能张开呀？

老张（嬉皮笑脸地）：我哪儿都能张开！叫我老张就行。

许开阳过来拍了老张一下。

许开阳：我叫许开阳。（转脸对老张）哎，怎么没见你发哪个师弟名片呀！

老张：我没这爱好！干活儿干活儿！

老张主动去拎放在郑微身边的一只皮箱，箱子很沉，他一拎没拎动，就顺手去拎另一只较轻的。

许开阳：不用挑了，刚才你不是哭着喊着要给师妹扛行李吗？

老张：没事没事！别看咱们瘦，咱们有肌肉，不就一个皮箱嘛，小意思！

老张硬着头皮拎起了那只重的皮箱，发现真的很沉。

老张跌跌撞撞、脚步虚浮地往前走。

郑微：不好意思啊！轮子坏了。

许开阳：没事没事，他练过气功。

老张：哎呀妈呀！真沉！你把家都搬来了吧！你这里面装

的什么啊？

郑微：三十几本漫画书。

5_
校园里的新生报到区.日.外景.夏

校园里挂着一个巨大的横幅，上面写着“欢迎新同学，梦开始的地方”。

新生接待处摆着一溜儿的桌子，桌上醒目地摆放着写着各个系名的标牌。

接待处人来人往，满眼望去大都是男生。几乎每个学生后面，都是父母左右护驾。

老张、许开阳和郑微三个人走过来。

几个坐在土木系接待桌前的男生站起来。

一个男生：老张，你们运气不错啊！小师妹哪个系的呀？

老张：土木系的小师妹。

另一个男生：许开阳！你俩真是饿狼扑食啊！我们土木系的妹妹，让你们工程学院的给接过去了。

许开阳：都一样都一样！不分彼此！不分彼此！

三个人走在通往宿舍的路上。

迎面过来的每个男生，都齐刷刷地向郑微行注目礼。

郑微面有得色。

就在此时，老张低声惊呼了一句。

老张：我靠！

老张和许开阳都驻足不前，伸着脖子向前张望着。

只见林荫道上，一个窈窕美女飘飘而来。她是阮莞。

老张和许开阳目不转睛，一副垂涎欲滴的样子。

郑微的妒火一下子被燃起。她满怀敌意地看着阮莞从他们身边走过。

许开阳：这美女哪个系的呀？老张你调查一下，漏网之鱼啊！

只见阮莞朝一个男生走过去。

男生面目清秀，好像是阮莞的弟弟，他倚在自行车上玩游戏。

阮莞接过自行车骑了上去，男孩跳上自行车后座，两人离去。

老张：妈的！这断谁啊？眼疾手快呀！

郑微气急败坏地径直离去。

6_
政法大学林静宿舍.日.内景.夏

这是两人一间的研究生宿舍。

林静室友王亚明的床上、桌上、地上堆满了打口碟。他在一张一张地认真检查。

林静进来。

王亚明：回来啦？哥们儿做成一单大买卖，回头请你吃海鲜。有人订了我一百张打口碟。接着你的小飞龙了吗？

林静开始收拾东西。

林静：我今天就搬走，不在这儿住了。如果郑微来找我，你就告诉她我申请去美国留学了。

王亚明（吃惊地）：什么情况？出什么事儿了？

林静：你别问这么多了，你就死活说我不在这儿住，去美国了就行了。

王亚明：这谎撒得有点儿大啊，属于弥天大谎级别的！我有点儿不胜任。

林静冷冷地看了王亚明一眼。

林静：我这忙你不帮就算了，你就当什么都不知道。

王亚明：到底什么前因后果？你不是说你俩青梅竹马两小无猜吗？

林静突然把手里的一本书扔到地上，是一本《安徒生童话》。

林静（暴跳如雷）：什么前因后果！我他妈还想知道是什么前因后果呢！你怎么像个碎嘴婆娘！

王亚明吓得愣住了。

林静控制住自己，继续收拾行李。

7_
建筑学院郑微宿舍.日.内景.夏

宿舍里一个下铺床位的墙上，贴着一张山羊皮乐队的大海报和一张阮莞与一个男生的合照。

郑微敌视着照片。

郑微（自言自语）：我靠！冤家路窄啊！

此时，郑微耳边响起一个女生的声音："她的名字有点儿奇怪，叫阮莞，旁边是她恩爱的小男朋友，叫赵世永。"

郑微扭头，看见有些乡气的室友黎维娟站在她旁边。

黎维娟又将视线转向阮莞的照片，继续说。

黎维娟：她和她小男朋友从高中时候就好上了，是彼此的初恋。现在天各一方，各自在一个城市上学。她小男朋友把她送到这儿，她又送她小男朋友去了，够恩爱吧！并且两个人还都喜欢山羊皮乐队。

郑微张口结舌地看着黎维娟。

黎维娟（自来熟地）：我叫黎维娟，你郑微吧？（故作神秘地）另外，我昨天搬进宿舍的时候，发现咱们宿舍住了一帅哥！

郑微（讥讽地）：你应该上公安大学！

正说着，门口走进中性装扮、极短头发的朱小北，她头发湿湿的，手里拖着一个篮球，鼻孔里塞着被血染红的卫生纸。

朱小北：哇！咱们宿舍美女如云呀！（对黎维娟）黎姑娘你又播报什么呢？

黎维娟：哎呀，我在感慨，百年修得同船渡，千年修得共枕眠，咱们几个也算共枕眠了哈！对了二位，我得宣布一下我有洁癖，不管你们还是你们带朋友来，都不要坐我的床！拜托啦！

朱小北和郑微互相意味深长地对视了一眼。

朱小北：我叫朱小北。

郑微：我叫郑微，请多多关照啊！

朱小北：彼此彼此！

两人都乐了。

8_
建筑学院女生宿舍走廊.夜.内景.夏

黎维娟戴着耳机，听着英文单词，手里拎着两个暖瓶朝宿舍方向走着。

一个男生忽然从一间宿舍里被推了出来，门“砰”地关上。男生猛扑到门上敲打着、哭喊着。

男生：再给我一次机会吧！

黎维娟继续向前走。

左边的厕所里传来一个女生的尖叫。

女生（画外音）：谁他妈拉大便不知道冲啊！缺德死了！

黎维娟继续往前走。

一个女生在公用电话前哭诉着。

黎维娟继续往前走。

一个塑料脸盆擦着黎维娟的头皮飞了过去，两个穿睡衣的女生揪打着冲出来。

黎维娟继续往前走。

两个穿着亮光闪闪的女生走过来，与黎维娟擦肩而过。

女生一：你有点世面行吗？慌什么？他有宝马来接咱们！

女生二：你才土呢！

黎维娟拐进自己的宿舍。

9_
建筑学院郑微宿舍.夜.内景.夏

郑微正在自己的小电炉上煮方便面。

黎维娟用脚将门踢上。

黎维娟（气愤地）：每次走过走廊，都像走过野兽出没的丛林！

郑微：可你每次都活下来了！

黎维娟放下暖瓶。

黎维娟：大学生活太令我失望了，太浪费生命了，宝贵的青春就这么糟蹋了！

郑微：没看出你内心还挺娟秀的！

黎维娟从身上掏出三封信扔在桌上。

黎维娟：看见没有，我就打了两壶暖水，就被三个男生塞了三封信要转给阮莞。

郑微吃着自己的面。

郑微：都不怎么帅吧！

黎维娟：我都没正眼儿瞧他们一眼！

黎维娟走到自己床前，检查床铺。

黎维娟：我不在的时候，没人坐我的床吧？

郑微（没好气儿地）：反正我没坐！

黎维娟：肯定有人坐了！褶子不对！

就在这时，“啪”，停电了，但楼道的灯还亮着。两个人“哎哟”一声。

郑微：怎么回事儿啊？

黎维娟：还不是你用电炉，把电给憋了！你看楼道还有电呢！

郑微：那怎么办呀？

黎维娟：你去找宿管科吧！

郑微起身出去。

黎维娟迅速地把阮莞的一封信拆开，用手电筒照着看。

这时候，阮莞抱着书进来了。

黎维娟吓得慌忙藏信。

黎维娟：你回来了，有你两封信。

阮莞：哟，怎么这么黑呀？

黎维娟：郑微挺不自觉的，用电炉煮面，线路给憋了。

10_
建筑学院女生宿舍一楼的宿管科.夜.内景.夏

宿管科的门敞着，屋子里烟雾缭绕，一个中年男人抽着烟，靠在椅子上看电视。

郑微抬手敲了一下门。

郑微：老师您好！

中年男人扭头看了她一眼。

郑微：我们302宿舍突然没电了，能不能麻烦老师您去给看看？

中年男人：又用电炉了是吧？新生学前教育白给你们讲了？

郑微马上满脸堆笑。

郑微：这次我们错了，下次不了。

中年男人：还说下次！回去写份检查，明天让你们班主任来见我。

郑微（讨好地）：老师，我们新生不懂事，您就原谅我们这次吧！

中年男人：不懂事？还大学生呢！出了火灾谁负责啊？

郑微：老师您就给我一次悔过自新的机会吧，求您啦！

中年男人：你别在这儿软磨硬泡了，把你电炉给我交上来，回去写检查！别以为你是女生我就会放过你！

郑微气得翻了个白眼，离开了。

中年男人弯腰从桌底下的电饭煲里捞出两个热乎乎的茶鸡蛋，“啪”地磕开了皮儿。

11_
建筑学院女生宿舍走廊.夜.内景.夏

郑微迎面碰上阮莞。

阮莞主动朝郑微打招呼。

阮莞：怎么样？宿管科给派人修了吗？

郑微仍然对阮莞视而不见。

郑微（气哄哄地）：爱修不修！

郑微径直离去。

阮莞苦笑一下，朝宿管科的方向走去。

12_
建筑学院郑微宿舍.夜.内景.夏

屋里面点了个蜡烛。黎维娟一见郑微进来，就开口。

黎维娟：是保险丝坏了吧？

郑微（没好气地）：不知道！宿管科那个老男人肯定吃了火药了，疯狗一样！

黎维娟：阮莞也去宿管科了，你们两人美女都没搞定他啊？

这时，灯亮了。

黎维娟：哟，还是阮姑娘的美人计管用！

正说着，阮莞进来了。

阮莞：郑微，你电炉不用交了，我跟宿管科老师保证以后不再用了。

郑微：阮小姐，咱们俩什么关系呀？你为什么替我保证？保不齐以后我还会用！

阮莞淡淡笑了一下，没再说话。她抓起自己床上的随身听，戴到耳朵上，躺了下去。

黎维娟赶紧打开收音机，做出与己无关的样子。

郑微恶狠狠地坐下来吃方便面。

收音机里飘出一个女人多情而温柔的声音：各位朋友，您现在收听的是午夜情话节目，我是紫娟。在这茫茫人海当中，遇到你所心仪的他，是一件多么可遇而不可求的事情。现在是我们的热线时间，请导播接入电话，喂……

郑微（咆哮道）：黎维娟，你能关掉这个恶俗的广播吗？

黎维娟把收音机音量调小。

黎维娟：郑姑娘，你不要逮谁跟谁撒气啊！这广播节目招你惹你啦？

郑微端起方便面，冲出屋门。

黎维娟：阮莞啊，她可真是独生子女没教养！

13_
政法大学校园.日.外景.夏

林荫道上，一个清洁女工正在扫地。
郑微走过来。

郑微：阿姨，请问政法大学研究生宿舍楼怎么走呀？

女工抬手“啊吧啊吧”用哑语比画着：抱歉，我听不见，你问别人吧。

郑微（尴尬地点头）：谢谢！

14_

政法大学林静宿舍.日.内景.夏

王亚明坐在下铺，正在整理他堆得到处都是的打口CD。

他的女朋友站在旁边，正指着鼻子骂他。

女朋友：最近战果怎么这么差呀？才卖出去这么几张。

王亚明：咱们不能这么小商小贩地度过余生吧？能不能改革一下呀？

女朋友：怎么改？

王亚明：继续考博啊。

女朋友：再考你就煳了！你拿什么养活我？

王亚明：反正我不想这么下去了！

女朋友（恼怒地）：好！那我们就拉倒！

女朋友愤而离去。

郑微在宿舍门口看了看，发现房门是虚掩的，她敷衍地敲了敲门，便推门探了个头进去。

郑微：你好！请问林静是住这儿吗？

王亚明：你找林静啊？他原本是住这里的，可他前两天就已经走了。

郑微：走？走去哪里？

王亚明：出国了，去美国了！怎么，你不知道？（恍然大悟）哦，你就是郑微吧？

郑微：去美国了？你骗谁呢？他去美国怎么能不告诉我！他知道我是为了他才到这个城市来上学的，他说等我考到这儿，就要带我到处玩儿，会带我吃遍这个城市的所有小吃。所以你坦白吧，你到底什么居心？

王亚明：天地良心，我能有什么居心？你可以看看那张空了的床，原本就是林静睡的！

郑微警惕地看了他一眼，再瞄向他指着的那张空床，眼尖地发现床头的地方放着一本书，是一本口袋版的《安徒生童话》。

她走上前拿了起来，手忙脚乱地翻到第一页，上面是她歪歪斜斜地写的几个钢笔字：玉面小飞龙藏书。

王亚明发现这凶巴巴的女孩子忽然不说话了，呆呆地捧着本书站在林静的床前。

王亚明：看，我没骗你吧？行李都带走了，就剩这本书没拿。

王亚明还想继续解释，忽然就被郑微惊天动地的哭声给吓了一跳。

郑微开始站着哭，后来索性蹲了下去，揪住王亚明的裤角继续哭。

这时，王亚明的女朋友出现在门口，诧异地看着这一幕。

王亚明看到自己的女朋友，吓得慌忙解释。

王亚明：我可真没怎么着她！

女朋友：这次我们真的拉倒了！

女朋友跑掉。

15_

政法大学校园.日.外景.夏

郑微走在校园的马路上，眼泪哗哗地流。

路过的学生都看着这个哭得雨打梨花一般的女生。

学校高音喇叭里，一个清脆的女声正在播送着。

播音员：中宣部等六个部门联合在北京举行李素丽事迹报告会。十一个城市公交部门的职工代表发出倡议，学习李素丽，为岗位作贡献。全国总工会作出决定，授予李素丽“全国职业道德标兵”称号，并在全国各地开展向李素丽同志学习的活动。

16_
建筑学院郑微宿舍.夜.内景.夏

阮莞开门进来。

郑微趴在自己的床上抽泣着。

阮莞好像什么都没看见，走到桌前放下书，然后拿起桌边的水瓶倒了杯水，捧在手里。

郑微抬起头，看了阮莞一眼。

阮莞喝了口水，好像郑微根本不存在一样。

郑微：你看见我哭怎么都没反应啊?

阮莞：你不一直很讨厌我吗？我干吗往枪口上撞!

郑微一翻身从床上坐起来。

郑微：其实我是嫉妒你，你长得比我漂亮，人又比我聪明，功课比我好，爱情还比我幸福，名字还那么古怪，叫什么阮莞！

阮莞乐了。

阮莞：你饶了我吧，你比我招人！

郑微：算了吧！我要是招人，我喜欢的人就不会无情地把我给甩掉了。他把我送他的书都扔了。我们以前说好的，来这个城市相会，他忽然就走了，连跟我说一声都没有，这到底是为什么呀？你说我该怎么办？

阮莞：你等等！

阮莞蹲了下来，俯身从床底拖出了一个小纸箱，三下两下打开纸箱。

纸箱的最上面一层是书，阮莞把书拿开，变戏法似的拿出了两罐啤酒，一罐自己拿着，一罐递给郑微。

郑微看看啤酒，又看看阮莞，下意识地揉了揉眼睛。

郑微：哎哟，你隐藏得够深的呀！外表看起来挺端庄，背地里却很堕落！

阮莞朝郑微晃了晃手里的啤酒。

阮莞：你不是问我该怎么办吗？说真的，这种时候我也不知道该怎么办，那就一醉解千愁吧！怎么，你没喝过？

郑微呼啦啦地打开啤酒，仰头往嘴里灌。

阮莞：慢点慢点！

阮莞刚抿了两口，郑微就把空空的易拉罐翻转了过来，她打了个嗝，俯身主动去纸箱里拿第二听。

阮莞：哎哎，悠着点儿啊！喝够了就行了，过了可不好。

郑微：小气什么，不就是这点儿破啤酒嘛，改天我还你一火车！

阮莞（话锋一转）：说说你的风流韵事吧！

- 闪回 -

16A 郑微的家乡.日.外景

这是南方的一个小城市。

林静骑着自行车驮着两个煤气罐。

郑微（画外音）：林静！林静！

林静朝马路对面望过去，单脚支地。

马路的另一边，郑微隔着人流兴奋地朝林静挥动着一张录取通知书。

郑微：林静，我考上了！我可以去你那个城市上大学了！

一阵风吹过来，将郑微手里的通知书吹上天空。

郑微（大惊失色地）：啊！我的通知书！

林静放倒自行车就去追飞在空中的通知书，他挤过人流，跨过车队。

郑微气喘吁吁地跑在林静后面。

通知书像一只白色的鸟飞翔着。

郑微（画外音）：我从小就觉得林静很帅，立志长大了要嫁给他……

16B 林静家.日.内景

五岁的郑微乖乖地坐在凳子上。

十岁的林静带着个听诊器，模拟医生的样子在听小郑微的心跳。

阮莞（画外音）：他大你几岁啊？

郑微（画外音）：五岁。这五岁可愁死我了！我初中他高中，我高中他大学，我怎么追也追不上。现在终于追到了这个城市，我还以为修成正果了……

16C 郑微的家乡.日.外景

十三岁的郑微穿着运动衣、球鞋，和班里其他同学在马路上跑马拉松。经过一个路口时，响起一声口哨。

郑微扭头看，林静倚在自行车上朝她挥挥手。

郑微趁人不注意，溜到林静跟前。

林静驮上她抄近路骑走了。

郑微（画外音）：我们两家人关系非常好，我妈妈忙的时候，总把我送到林静家蹭吃蹭喝。林静一直以自己的家庭为傲，他爸爸是他的偶像，知识渊博，又是领导；他妈妈心灵手巧，烧得一手好菜……

16D 郑微中学的运动场.日.外景

郑微兴高采烈地冲向红色的终点带。

阮莞（画外音）：哇！简直是幸福家庭的广告片……

16E 林静父亲单位的职工俱乐部.日.外景

大学时代的林静，在一张乒乓球桌上，挥毫写着春联。

几个叔叔阿姨手里拿着红纸，排队等他写。

旁边，郑微和自己妈妈也在等着。

郑微满目含春地看着林静。

旁边有三四个比林静小一些的男孩子，全都叉着胳膊，冷冷地看着林静。

另一边有两个十多岁的女孩，各自多情地望着林静。

郑微（画外音）：他从小就是我们家属院里男孩女孩的心头恨，女生恨他不爱自己，男生恨自己不如他，但他对我小飞龙却情有独钟。也许他是同情我吧，因为我爸妈关系一直不好。

- 闪回结束 -

宿舍里。

郑微和阮莞坐在地上，背靠着床铺，继续喝着啤酒。

这时，黎维娟夹着书本进来了。

黎维娟：哟，你俩痛说革命理想呢吧？！

郑微：来来来，一块儿扬起理想的风帆！

两个人递啤酒给她。

黎维娟：哎哟，我可不喝！太堕落了！

郑微：不喝拉倒！你以为不喝酒你就正经啊？

黎维娟：我的床没人坐过吧？

阮莞和郑微（异口同声地）：坐了！

黎维娟走过去看看自己的床。

黎维娟：别骗我了！没褶子！

黎维娟装作不经意地把手伸进自己的枕头底下，在下面鼓捣了几下。枕头底下是一个随身听。

这时朱小北风风火火地进来了。

黎维娟：哎哟，朱小北，求求你能把头发留长点儿吗？每次猛一抬头看见你，我都特惊慌。

朱小北（回击）：你是想男人想疯了。

郑微和阮莞嘎嘎大笑。

黎维娟：我敢保证，这屋里面，就我一个没男朋友！大家敢不敢坦白一下？

阮莞：我有，我坦白！

朱小北：暗恋算不算？我一直暗恋一个男生，他都没正眼看过我。

郑微：我还没恋呢就失恋了。

朱小北：黎姑娘，你的理想夫婿是什么样啊？

黎维娟：我可没有私心杂念，我只想好好学习，事业有成！

朱小北：妈呀！你真应该被选成我们学校的吉祥物！

黎维娟：你少说这种风凉话！我从一个小县城考到这儿，有多不容易！为了对得起我的艰苦，我可要待价而沽。

说完，黎维娟撕开一包薯片吃了起来。

朱小北：阮莞，你的理想是什么？

阮莞：我没什么远大理想，不求最好，只求安逸，我最大的理想就是青春不朽。

郑微：我也是，我可不想变成黄脸欧巴桑！

朱小北：我的理想就是，我暗恋的人告诉我，他也暗恋我，而且已经好久了！

郑微、阮莞、朱小北三个人：来，我们为青春不朽干杯！

17_
建筑学院郑微宿舍.傍晚.内景.夏

黎维娟打了饭回来，将门上了锁，迅速走到自己床前，从枕头底下掏出一个随身听，戴上耳机，往前倒了一下磁带，打开听。

随身听里传来郑微和阮莞的谈话。

郑微（画外音）：也许是他同情我吧，因为我爸妈关系一直不好。现在你得给我说说你的新仇旧恨了！

阮莞（画外音）：我的爱情很乏味，平淡无奇，我们俩是高中同学，这是迄今为止我唯一的一次爱情。我们俩本来想考到同一个大学，结果人家的分考得比我高，在浙江上了更好的大学，我就只好来咱们学院了。

郑微（画外音）：我报到那天看见你们俩了。你像他的小干妈，他像你的小干儿。

阮莞（画外音）：他是我的初恋，我的感情就像小鸡破壳儿，第一次碰见谁，就是谁了。

郑微（画外音）：现在你们牛郎织女隔得那么远，你不怕他有一天会变心啊？

阮莞（画外音）：我信他，就像信我自己！为什么不信呢？如果最后的结局是不能改变的，我相信着，不是更快乐吗……

[黎维娟夹着书本进来的声音。]

黎维娟（画外音）：哟，你俩痛说革命理想呢吧？！

黎维娟“啪”地关掉了录音机。

18_

建筑学院校园.日.外景.夏

校园的林荫路上，本校的大学社团在做宣传，招纳新人。

每个摊位前都有一张宣传画，一些学生在围着询问。

阮莞和郑微挽着胳膊一路浏览着。

她俩路过“烹饪社”。一个男生打扮成厨师的样子，在掂勺炒菜。

阮莞：你真不打算再找林静了？要不要问问他父母啊？

她俩路过“爱心社”。一个男生在给另外一个男生按摩。

郑微：他不是个草率的人。他躲我肯定有他的原因，这个谜底他父母也不见得会知道。幸亏他还不是我的杨过，我也不会一见杨过误终身！一个林静倒了下去，千千万万个林静冲上来！我们学校缺什么都不缺男生，我决定从现在起就做个采花大盗！

她俩路过“音乐社”。开学那天那个少年大学生正在弹琵琶。

阮莞：那我就放心了，洒向人间都是爱！

她俩路过“戏剧社”。小胖和那个胖女生穿着“五四”时期的戏服，在朗诵《雷雨》的片段。

阮莞和郑微走到尽头时看见一个摊位，连张宣传画也没有，非常寒酸。摊位前，站着老张和许开阳两个人。

远远看见郑微和阮莞，老张笑逐颜开地打招呼。

老张：微微，微微，来来！哎呀，总算把你等来了，都开学这么久了，也不跟我联系，这就是你的不对了！

阮莞（小声地问郑微）：他谁啊？肉麻兮兮的，还叫你乳名儿。

郑微（捂着嘴小声地）：他叫张开，他哪儿都能开！

阮莞乐了起来。

阮莞：你去吧，我在这儿等你。

郑微走过去。

郑微：你们这是什么社团呀？好歹也得有个标志吧？

许开阳：在这儿呢！

老张从桌子上拿起了一张纸，上面是用圆珠笔写着的三个大字“围棋社”，一看就是从笔记本上撕下来的一张纸，有一个边儿还毛毛糙糙的。

郑微嘎嘎乐起来。

郑微：你们社团也太寒酸了吧，一路走来就没见过像你们这么艰苦朴素的！

老张：我们这叫低调！水不在深，有龙则灵，形式不重要，我们看重的是内涵。

老张直勾勾地望着阮莞。

老张：哎，这不报到那天那个美女吗，怎么落你手上啦？

郑微：别看了，你没戏！那你们继续有深度吧，我可要走了。

许开阳：那怎么行，既然来了，就加入我们社团吧。

郑微：你们这么有内涵的东西我可不懂，我只会玩跳棋。

许开阳：没事儿！你只要进来了，我们那么多人，还教不会你一个小姑娘？看你一脸聪明相，绝对学得快！

郑微：算了算了，你们另收高徒吧！

郑微这就要走，许开阳一把拦住她。

许开阳：妹妹，就给个面子吧！要不，我们不收你入会费……再不行，那这样吧，只要你加入，我们就以你的名字举办一次郑微杯围棋挑战赛！

郑微吓了一跳。

郑微：啊？真够狠的！

许开阳迅速地将一支圆珠笔塞到她手里。

许开阳：快签个字吧！

郑微只好在许开阳递给她的表格上签上自己的名字。

许开阳：开天辟地呀！我们围棋社终于有女生了，还是个漂亮妹妹，让他们别的社流鼻血吧！

郑微扭头发现老张的眼睛依然直勾勾地盯着阮莞。
阮莞面朝马路，气定神闲地看着来来往往的人。

郑微：老张！你快成望夫石了！

老张缓过神来，快步走到阮莞跟前，从口袋里掏出个名片，递给阮莞。

老张（热情地）：你就是阮莞吧？我是环境工程系的张开！我早就听说你了。我是郑微的好朋友，要不你也加入我们围棋社吧！
阮莞：谢谢啦，我就不给你们添乱了。

郑微这时走过来。

郑微：哟！老张你胃口不小啊，你们围棋社强抢了本少女还不够，还想要霸占我们阮姑娘，你就不怕你这围棋社被人端了？

老张一个劲儿点头。

老张：好好好！不勉强不勉强！

老张也不知道什么时候冒了一头汗，他擦着汗。

19_
建筑学院郑微宿舍/老张宿舍.夜.内景.夏

黎维娟盘腿在自己床上拔着腿毛。
阮莞脸上贴着一脸黄瓜片。
郑微在啃一根黄瓜。

黎维娟：什么社团，还不是男生泡女生的地方！

朱小北在床上做着仰卧起坐。

朱小北：我看谁敢泡我！我加入了烹饪社、摄影社、电影社！

黎维娟看了眼郑微。

黎维娟：你加入什么社不好，非要弄个围棋社！我听人说，全校社团里最没出息的就是围棋社了，典型的玩物丧志！听说里面好几个留级生，团委好几次都打算撤销这个社团。

郑微：我还偏要玩物丧志！

宿舍门口。

少年大学生像贼一样趴在门上偷听着。

宿舍里。

小胖趴在床上饮泣。

老张和许开阳围着他一脸淫笑地“拷问”。

老张：你跟那个小胖姑娘发展到什么地步了？

许开阳：怎么样啊？

许开阳拍了小胖屁股一下。

许开阳：便宜你都占了，你还哭什么呀？

小胖泪眼蒙眬地坐起来。

小胖：排完《雷雨》那天她把我睡了。

老张：睡啦！多皆大欢喜呀！

许开阳：你还想找什么样的呀？你们俩是人生互相唯一的选择。

小胖（哭诉）：我觉得特别对不起阮莞！

许开阳推了小胖一把。

许开阳：你还想阮莞？

老张：妈的！你还挺敢想啊！

许开阳：阮莞是你想的吗？

小胖：胖子就没有追求美的权利吗？

老张：胖子有吗？

许开阳：没有！

郑微宿舍。

黎维娟剪着脚趾甲。

黎维娟：听说围棋社有几个男生还是不错的，那个物电系的许公子也在围棋社。

阮莞：什么许公子啊？

黎维娟：许公子你都不知道啊？就老张旁边的那个，叫许开阳，家里很有钱的，我听好几个女生暗地里说，他现在还没有女朋友呢！

朱小北：看来你是暗地里把线索都摸清了？那你还不趁机而入？

黎维娟（讪讪地）：人家怎么也看不上我呀！

郑微：拜托！黎姑娘，再也没有比你根正苗红的了！

这时，一个快递员捧了束满天星出现在门口。

快递员：请问阮莞小姐在吗？

阮莞：在！

快递员：你的鲜花。

其他三个女孩子异口同声地惊叹：哇！

阮莞：这是谁送的呀？

快递员：不知道，我们只管送花，不问客人信息的，你签下字吧！

阮莞接过花来，签了字。

朱小北：是你的小永永送的吧？

阮莞：肯定不是！他才没这心思呢！

黎维娟：怎么尽是满天星啊？一朵花都没有，什么意思啊？这人挺奇怪的！

郑微：要不要给你的小永永报案啊？让他去调查线索！

20_
教学楼阶梯教室.日.内景.夏

大阶梯教室，只坐了一半的人。绝大多数都是男生，星星点点坐了几个女生，阮莞、黎维娟和朱小北三个人挨着坐在一起。

学生们无精打采，有的人在打哈欠，有的人在抓着手里的面包吃，有人在翻画报，还有人在嗑瓜子，有个女生在举着镜子揪眉毛。

这时，谢顶的五十多岁的李教授推着自行车进来，将车子放到一边，走到讲桌前。

李教授扫视一番，见学生这么少，勃然大怒，拍案而起。

李教授：我的课也敢翘！也不打听打听我李某人是谁！本学期点名两次未到，《中国古代建筑史》这门课的期末成绩一律为零！你们所有人把BP机都给我关掉，把课外书给我收起来！

李教授话音未落，教室里就有BP机的声音“嘀嘀”响起来。

李教授把书往讲桌上用力一拍。

李教授：谁的呼机响呢？给我出去！

黎维娟赶紧把一本《读者文摘》合了起来。

21_

建筑学院校园里.日.外景.夏

郑微和阮莞一路小跑，气喘吁吁地往教学楼方向奔。

郑微：不就是个“古代建筑史”嘛，我家隔道墙就是古代园林！

阮莞：你别自以为是了，李教授今天都发飙了！

郑微：啊？真的啊？

两人狂奔而去。

22_

教学楼阶梯教室.日.内景.夏

教室里正在放着中国古代建筑的幻灯片。

李教授正在讲课。

李教授：中国的古代建筑博大精深，它的特点就是一个“藏”字，所谓曲径通幽处，禅房花木深。

这时候，郑微假装难受地捂着肚子，阮莞搀扶着她走进来。

郑微：不好意思，李教授，我拉肚子整整两天了，所以刚才耽误了一节课的时间。

李教授停下来，审视了郑微两眼。

郑微楚楚可怜地盯着李教授，身边的阮莞同情地望着郑微。

李教授挥了一下手。

李教授：小姑娘不要乱吃零食，吃坏了身体，耽误了学习可不好！回你位子上去吧，这次就算了。

阮莞扶着郑微在座位上坐下来。

李教授：我们接着往下讲。

话音还没落，一个男生搀着另一个男生，也是捂着肚子走进教室。

男生：对不起，李老师，我昨天晚上不知道吃什么了，拉了一晚上肚子，所以刚才第一节课没上。

教室里的同学哄堂大笑。

李教授（气愤地）：你就不能换个创意吗？第一个用这种方法的是天才，后面跟着用的都是蠢材！

那两个男生窘得满脸通红。
郑微、阮莞几个人都笑了。

郑微（轻声地）：没办法！天生丽质，爹妈给的。

23_
建筑学院老张宿舍.夜.内景.夏

宿舍里，老张正忘情地在电视上看A片。
传来敲门声。
老张赶紧关掉电视，扭头，看见门口的郑微。

老张：哟！郑姑娘光临寒舍，真是如沐春风啊！

郑微：你是蜜罐儿里长大的吧，嘴那么甜！

郑微走过去把手里的VCD递给老张。

郑微：还有新货吗？

老张：当然！要不要再看口味重一点儿的？

郑微：快！交上来！

郑微环顾四周，宿舍里堆满了脏鞋臭袜子。

郑微：哎哟，真是强中自有强中手，我以为我就够邋遢了，跟你们比我简直是卫生楷模！

老张：哎，我们这叫名士风度不拘小节！

郑微：我呸！

郑微四下打量，发现宿舍里的其他铺位都脏乱无比，只有一个床铺收拾得干干净净、整洁无比。

郑微：这谁的床这么干净啊？太变态了！

老张：我们宿舍一怪客。哎，昨天许公子约你到围棋社下棋，你怎么不去呀？

郑微：我坐不住，下棋太闷了。

老张：许公子没约到你，你不知道他多沮丧。

郑微：废话少说！快把货给我，本少女立马走人。

老张：你等等，刚才隔壁宿舍借去了，我给你拿回来。

老张走出了宿舍。

郑微看见一张桌子上摆着一个建筑模型，便走过去细细打量。

这是个商住两用住宅楼的模型，里面还有小灯泡，已经完成了大半。

郑微动手打开了模型的开关，灯全部亮了起来。她发现模型天台上装饰用的顶竟然可以拿下来，她刚拿下来看，忽然听到有个男生在她身后厉声喊。

陈孝正（画外音）：你干什么？

郑微吓了一大跳，手一抖，迅速转身，慌乱间碰倒了桌子上的模型。模型眼看就要掉落在地。

身后说话的人奋力将郑微往旁边一推，然后抢身上去，眼疾手快地在模型坠地之前把它给接住了。

郑微在毫无防备的情况下，遭遇那样猛力一推，整个人不由自主地坐倒在地上。

她就这样在地上呆呆地坐了几秒，确定对方丝毫没有要将她扶起来的意思，便自己飞快地跳了起来。

她伸出颤抖的兰花指，直指肇事者的鼻梁。肇事者是陈孝正。

郑微：你——敢——推——我？！

陈孝正看都不看她一眼，摆弄着自己手里的建筑模型。

陈孝正（冰冷冷地）：要不是看在你是女的，我不只要推你。

郑微气得全身发抖。

郑微：你有种！有本事留下你的大名！

陈孝正：那你听清楚了，我叫陈孝正。

郑微：我管你是正是歪，你，马上道歉！

陈孝正发出一声嗤笑。他一直背对着她，专心地调整着桌子上的模型。

郑微转到陈孝正身边。

郑微（更加愤怒地）：你说，你为什么推我？亏你还是个男生，居然推倒一个手无缚鸡之力的弱女子，岂有此理！这不是变态是什么？你哑了？别以为装傻就行！

郑微见自己的唾沫星子都快要溅到他脸上了，他还是完全当她不存在的模样，不由得推了他一把。

陈孝正终于看着她。

陈孝正（一字一句地）：我推你是因为你不但差点弄坏了我的东西，而且还挡住了我抢救它。我警告你，不管你是这宿舍里谁带回来的，都给我小心点！我不喜欢别人动我的东西，更讨厌别人指着我的鼻子。

郑微：你……

郑微正待发飙，就被及时赶回来的老张拖到一边。

老张：干什么干什么？我刚走开多久，怎么就乱成这样了？微微，有话好好说，别生气，别生气啊！

郑微：不生气就不是人！老张，你们宿舍里住的都是什么牛魔鬼怪，专门欺负女孩子！

老张一脸困惑，看着郑微对面的男生。

老张：阿正，出什么事儿了？

陈孝正看了郑微一眼。

陈孝正：算了，我不想说了。老张，既然人是你带回来的，这件事就这么过了，不过最好不要有下次。还有，你顺便告诉她，不是什么东西都可以随便乱动的！

郑微：你什么意思？就算我先动了你的模型不对，但是你犯得着为了这个破玩意儿把我推到地上吗？这算什么了不起的东西！你还有没有半点风度？

老张总算从两人的对话里听出了一点端倪。

老张（忙说）：误会，纯属误会！大家都别吵了！微微，我先送你回去。

郑微态度强硬地瞪着陈孝正。

郑微：不行，我要他先道歉！

陈孝正朝郑微冷笑。

陈孝正：我为什么要道歉？这个东西虽然没有什么了不起，但是在我看来它比你值钱多了！

话一出口，郑微就要冲上去跟陈孝正拼命。
老张费了九牛二虎之力，才把她拦了下来。

郑微：你说的是不是人话？老张，你走开，我要杀了他！
老张：两个祖宗，一人少说一句……微微，我们走，我代他向你赔罪好不好？你别理他！听话，我送你回去……阿正，你也给我闭嘴！

老张半拖半拽，才把郑微拉出了宿舍。

24_
建筑学院男生宿舍楼前.夜.外景.夏

楼前站着一个女生，手里牵着个心形的气球。

郑微一把甩开老张。

郑微：平时说得好听，关键的时候你不但不帮我，还和坏人合伙欺负我！

老张：我哪儿可能不帮你？你不知道他是个多古怪的人，你没见他床铺有多整齐吗？那个模型又是许开阳帮他在房地产公司揽的生计活儿，自然紧张得要命！你们两个牛脾气今天算是撞上了。都怪我，不该留你一个人在那儿。消消气，就当被狗咬了一口，难道你还咬回他吗？

郑微：我咬回他？我吃了他的狗肉！

老张：别生气了，我请你吃冰激凌！

郑微平息一下自己的怒气，拍了拍老张的肩膀。

郑微：不好意思了，老张，这事儿你没错，刚才在气头上呢，错怪你了，我给你道歉！我没事了，你回去吧！

老张（犹疑地）：真没事了？

郑微：真没你的事了！你归你，他归他。我走了，拜拜！

楼前拿着气球的女生用奇怪的眼神看着郑微。

郑微：看什么看！我进去的时候你就在这儿等，出来你还在等，等又等不着，一点儿出息都没有！

女生吓了一跳，手一松，手里的气球飞上了天。

25_
建筑学院教学楼前.日.外景.夏

三三两两的学生抱着书本往教室里奔。

阮莞、朱小北和郑微结伴往前走。

朱小北：这个学校还有男生敢惹你？那可绝对是条好汉，我无论如何得结识一下！

郑微（咬牙切齿地）：他叫陈孝正！千万别让我看见那个小杂碎！

郑微的眼睛突然锁定在一点。

郑微：邪了！白天不能说人，晚上不能说鬼，你等我一下！

郑微说完，把自己手里的书往阮莞怀里一塞，人就像火箭一样发射了出去。

陈孝正戴了近视镜，正独自一个人抱着书在前面走得很快。

郑微从后面追上他，从斜后方转到他跟前。

陈孝正吓了一跳，赶紧收住脚。

郑微：小样，别以为戴了副眼镜我就不认识你了！昨天的事儿还没完呢，我给你个机会，你现在道歉，我大人不计小人过，就这么算了！

陈孝正仿佛回忆了一下，才想起她是谁了。他沉默地绕过郑微，继续前行。

郑微：站住！

她追了上去，从身后一把揪住他。

陈孝正皱眉转身。

陈孝正：你有完没完？

郑微：你太没礼貌了，叫你别走没听见吗？我话还没说完呢！

陈孝正（厌恶地）：我跟你没什么好说的，麻烦你放开，我要去上课了。

郑微：我告诉你，你不道歉就没完！

陈孝正：我就没见过你这样的女孩子！不过我也告诉你，我不认为我有错，所以不可能向你道歉，也别跟我谈礼貌，你有礼貌的话就不会当众跟男的拉拉扯扯。

说完，陈孝正厌恶地用两根手指捻起她的衣袖，重重地将她的手从自己的身上甩开。

郑微：你……

陈孝正不甘示弱，冷冷地回望着她。

身边走过的学生不明所以，奇怪地看着他们。

阮莞冲了过来，一把扯住郑微。

阮莞：算了，郑微，我们快迟到了。快走吧！

郑微与陈孝正依然互相怒视着。

这时，有一个男生走过来，看见陈孝正。

男生（奇怪地问了一句）：怎么了，阿正？

陈孝正脸一红，转身走了。

郑微眼珠一转，朝着他的背影大声地喊。

郑微：陈孝正，我再说一次，你跟我说狠话也没用，以后别缠着我！

陈孝正的步子稍稍一顿，继续往前走了。

26_
建筑学院大食堂.日.内景.夏

食堂里非常拥挤，每个窗口都挤满了排队的学生。

朱小北排在一条长队的最后，慢慢往前挪动。

食堂里，好几个戴着红袖章的学生会下属的伙管会成员走来走去，在维持正常的秩序。

许开阳端着碗从外面走过来，站到朱小北身后。

许开阳拍了一下朱小北的肩。

许开阳：哥们儿！

朱小北扭头，斜了他一眼。

朱小北：什么哥们儿！我姐们儿！

许开阳乐了。

许开阳：哎，看见郑微没？

朱小北：你们家微微在前头呢！

郑微和阮莞排在队的中间，许开阳朝她们走过来。

许开阳：郑姑娘，阮姑娘，走走走，我们吃小灶儿去！

郑微：算了吧！前两天刚买了条裙子，这个月的生活费快用光了，得省着点儿！

许开阳：我请啊！

阮莞：你省省吧，你爸的钱也是钱！

郑微忽然像看见了什么猎物。

不远处的陈孝正，和一个丰满高挑、细眉细眼的女生在一起，她叫曾毓。陈孝正低头跟曾毓不知在交谈什么，笑得很灿烂。两个人正往食堂门口走，有挤上来打饭的人，他还小心地为她挡一下。

郑微：我靠！他还会笑！

郑微把勺子和碗往阮莞手里一塞，然后小跑几步到离她最近的一个伙管会成员面前，露齿一笑。

郑微：哥哥，借你的袖章用一下。

那个一副老实相的男生还没反应过来，袖章和眼前的人已经不见了。

陈孝正和曾毓刚走到食堂门口，就看见了一脸严肃的郑微出现在他们面前，他立刻眉头紧锁。

陈孝正：老这样你不烦吗？要不我让你推一下，这件事就这么算了。

这一次郑微的态度出奇的好，她笑眯眯地用手指了指自己左臂上的袖章。

郑微：同学，我是伙管会的，今天想抽检一下食堂的饭菜够不够分量，请问你打了几两饭？三两，四两？没事，我称一称就知道了。

郑微不由分说地缴下陈孝正手里的碗，到旁边的公平秤前，将碗里的饭菜往秤上的托盘一扣，还煞有介事地摆弄了一下砝码，然后才把空了的碗递到陈孝正的面前。

郑微：好的，分量正好合适，谢谢你的配合！

陈孝正没有伸手去接自己的碗，他微微低着头，不知道在想些什么。

曾毓愕然地看着这一切。

曾毓：我们走吧！

郑微：怎么，你的碗不要了？哦……我明白了，要不我帮你把托盘上的饭菜重新装回碗里？

陈孝正终于抬起头来看着她。

郑微这才发现他脸色异样的难看，他把头微微别向一边，强迫自己冷静一下，然后才对她开口。

陈孝正：玩儿够了吗？很好玩儿吗？我真的彻底烦了，这样好不好，我向你道歉，算你赢了，麻烦你不要再出现在我面前！

郑微的笑容突然消失了，直勾勾地看着他，拿着碗的手依旧固执地伸在他面前。

陈孝正：我不知道你到底想干什么！你想玩，很多人喜欢陪你玩，但是别来烦我，我没有你那么多无聊的时间和精力，也没有条件像你一样把一碗饭随便浪费掉，你这样真的很令人讨厌！

阮莞这时挤到郑微身边，扯她的衣袖。

阮莞：郑微，去打饭吧！（抬头看陈孝正）不好意思，她没有恶意的，要不我们给你重新打一份？

曾毓：好啊！要一份红烧排骨、清炒菜心。

陈孝正：曾毓！你干吗呀！

曾毓：没干吗！你不吃我吃！

许开阳这时走了过来。

许开阳：怎么了怎么了？

陈孝正：真想不通你们怎么会跟这样的人交朋友！

说完，离去。曾毓追了过去。

郑微眼睛忽然一红，她咬着唇，望着陈孝正和曾毓的背影。

郑微：陈孝正，我讨厌你……我讨厌你那么讨厌我！

27_

建筑学院郑微宿舍.夜.内景.夏

郑微闷声不吭地在用小霸王玩游戏。她目光炯炯地盯着电视屏幕，飞快地移动着方向键，将一只只飞过来的小鸡打得呱呱惨叫。

朱小北躺在床上看书，听见她这边枪声大作，就走过来看了两眼。

朱小北：游戏机不要钱吗？用不着那么使劲呀！啧啧，看你这发泄方式，暴力呀！到底谁惹你了？这么苦大仇深的！

郑微不理她，继续专注地射杀那些可怜的小鸡。

朱小北：说嘛，谁欺负你了，姐姐我给你拼命去，不会又是那个什么……哦，陈孝正吧？

郑微烦躁地瞪着朱小北。

郑微：陈孝正陈孝正，你们老提起这个人干吗？

朱小北（莫名其妙地）：我哪有老提起他？喂，每天提起他无数次的人是你好不好?

郑微：有吗?我哪儿有!

朱小北：没有才怪!你一天至少要提起这个名字十遍以上，要不你随便找个我们宿舍的人问问!

郑微愣了一下，继而喃喃自语。

郑微：不会吧?这么夸张!

这时，黎维娟的床帘被拉开一条缝，她从缝里探出头来。

黎维娟：我们还在背后讨论过，你不会是看上那个陈孝正了吧?

郑微游戏也不玩了，把游戏机丢在一边站了起来。

郑微（抓狂地尖声道）：你胡说，我怎么会喜欢那个人渣!

朱小北把她摁回到椅子上。

朱小北：冷静！冷静！冲动是魔鬼！

黎维娟下了床。

黎维娟：你听我说完嘛！我后来想了想，你没可能看上他呀！他是不错，不过这有什么用？我们学校帅哥资源丰富，他也不算是特别突出的，至于成绩好，等到他的前途到来，也许黄花菜都凉了。我听说他家境不太好，找男朋友还是现实一点儿。我们郑微凭什么看上他呀？许公子她都看不上，何况是陈孝正！许公子他爸可是大款，家里什么条件！真是的，谁傻啊！

朱小北：你这么高瞻远瞩的分析有点儿道理。

黎维娟：听说陈孝正是有准女友的。

朱小北和郑微（几乎异口同声地）：什么叫准女友？

黎维娟：就是郎情妾意，又没捅破那层纸的男女关系呗！女的叫曾毓，他同班同学，可是我们曾副院长的千金哎！很多男生都追她，可是曾小姐把绣球抛给了陈孝正。你这回可把校长千金给得罪了，以后吃不了兜着走！

郑微突然愤怒地站了起来。

郑微：停停停！别说了！老说那个人渣的事干吗？

她说完冲出宿舍，将门“砰”的一声关上。

黎维娟觉得莫名其妙。

黎维娟：谁又惹她了，吃错药了吧！

朱小北嘿嘿直笑。

28_
建筑学院校园里.夜.外景.夏

郑微独自游荡着。

29_
广播电台播音间/学校电话亭.夜.内景.夏

主持人紫娟正在主持节目。

紫娟（又甜腻又深情地）：听众朋友，您现在收听的是“午夜情话”。在这夜色温柔的时分，我们共同分享了一个男孩子浪漫而辛酸的爱情故事。真的，爱情就像一杯咖啡，有苦，有甜，又芳香四溢。我们现在再请导播接进一个热线电话。喂？你好！

学校电话亭里，郑微正拿着话筒。

郑微：紫娟你好！（马上要哭出来了，吸了吸鼻子）我想知道，要是我每天都想着一个人，白天想，晚上做梦也老梦见，明明很讨厌他，但是偏偏很想见到他，一见他整个人的神经都绷了起来，跟他作对也觉得很开心，但是看见他跟别的女孩子在一起，就说不出地难受，就连我的好朋友劝也不行。我讨厌他，却不喜欢他讨厌我，他说我很烦的时候我很想哭，我想问一下，我究竟是怎么了？

紫娟（温柔地）：小妹妹，如果我判断没错的话，你是不是恋爱了？你是不是喜欢上他了？

郑微泪水流出来，说不出话。

紫娟：喂？小妹妹，你还在吗？

郑微：我在！我喜欢他，可是他厌恶我，跟我说让我不要再出现在他面前，我该怎么办呀？

紫娟：那你更要创造机会，出现在他面前！小妹妹，爱情需要勇敢地……

30_
公园的湖上.日.外景.夏

许开阳和郑微正一起踩着一个大鸭子船。

郑微：许公子，你把我喊到这儿只为傻兮兮地划船吗？

许开阳从怀里掏出一盒东西递到郑微面前。

郑微：什么呀？

郑微边说边好奇地打开盒子，不由得“哇”了一声，盒子里面是一套精致可爱的小玩偶，看得出是取自《安徒生童话》里《豌豆公主》的情节。

郑微拿起玩偶左右摆弄。

许开阳（轻描淡写地）：我爸前几天从香港顺便带回来的，我想这些小玩意儿你应该喜欢，就送你了，没别的理由。

郑微：谢谢，我很喜欢！

郑微笑着抬起头，发现许开阳的眼睛一直专注地看着她，这让她忽然感到了几分不自在。

郑微：你看着我干吗？

许开阳脸一红，忙别开视线，有些不好意思。

许开阳：没看什么，就觉得你挺好看的。

郑微听了他的话，耳根有几分发热。

郑微（故意凶巴巴地）：哎呀！鸡皮疙瘩掉一地！

许开阳大着胆子把自己的手放在郑微的手背上。

郑微像被烫了一下，迅速把手缩回去。

湖里有一些游泳的人。

她的闪躲重重地挫伤了许开阳，他一双漂亮的眼睛迅速地黯淡下去。

许开阳（无比困惑地）：你是不是不喜欢我？

郑微咬了咬牙，抬起手将那套她喜欢得不得了的玩偶轻轻推回到许开阳面前。

郑微（小声地）：不是的，开阳，我是喜欢跟你在一起的。但是，我的喜欢跟你的喜欢不是同一种喜欢……我跟你是哥们儿。

许开阳（受伤地）：能告诉我为什么吗？我哪里不好吗？

郑微：不，不，你很好，真的很好，可是我……我有喜欢的人了！

许开阳：是那个去了美国的林哥哥吗？你不是说要忘记他吗？

郑微：不是他，我另有喜欢的人。

许开阳：别逗了，我不相信。

郑微有点急了。

郑微：我没骗你！是真的，我也是刚发觉的，那个人你也认识。

许开阳：他谁啊？

郑微：陈孝正。

许开阳（鄙视地）：陈孝正！你不是说相声吧？你喜欢他？他是个二逼！他在这个学校赚的每一分钱都是从我这儿来的。

郑微（恼怒地）：二逼也比你强！他家里没你有钱，也没你聪明，他什么都没你好，但是你爱我，我却爱他。就凭这一点，你就永远输给了他！

许开阳腾地站起来，深深地呼吸了几口。

许开阳（赌气似的）：反正我不放弃，你可以喜欢他，我也可以喜欢你！郑微，我赌你得不到他！他跟你不是一路人！

郑微（扬起了头）：我跟你更不是一路人！

许开阳腾地跳进湖里去，扑腾了一阵，一站起来水只有膝盖那么深。

31_

建筑学院男生宿舍楼下传达室/二楼宿舍走廊.夜.内景.夏

郑微抓起电话拨号。

电话铃声响起。

郑微紧张地“啪”一下把电话挂了，两手捂住发烧的脸。她迟疑了一会儿，又抓起话筒拨号。

陈孝正走到二楼宿舍的公用电话前，抓起电话。

郑微紧张地结巴起来。

郑微：你，你……我，我是……不，我……

陈孝正皱起眉头。

陈孝正：郑微？你又想干吗？

郑微喘了一口气。

郑微：我找你有点儿事，就在你楼下，你下来吧！

郑微“啪”地把电话挂掉了。

32_
建筑学院男生宿舍楼前.夜.外景.夏

郑微像一只热锅上的蚂蚁一样，在一棵树下徘徊着。

忽然传来陈孝正的声音。

陈孝正：你又玩什么花样儿?

郑微蓦然回头，见陈孝正站在两米开外的地方。

郑微不知道该说什么，呆呆地看着他。

陈孝正：如果你没事儿的话，我希望以后我们能互不认识。

说完，陈孝正扭头要走。

郑微：等等，我有话要说!

陈孝正回过头。

陈孝正：你到底想说什么？

郑微垂下了头。

郑微：陈孝正，我发现我喜欢上你了！

陈孝正吓得目瞪口呆，不由得伸出手指着郑微。

陈孝正：你，你……神经病啊！

陈孝正落荒而逃。

郑微（着急地）：陈孝正，我是认真的！

陈孝正跑得更快了。

33_
建筑学院图书馆前.日.外景.夏

郑微站在图书馆的草坪前。

老张气喘吁吁地跑过来。

老张：微微呀，我给你把陈孝正的老底儿都摸清楚了！

郑微：表现不错，老张！

33A 陈孝正的身份证

老张（画外音）：他是双子座，AB型，汉族，是预备党员。

33B 陈孝正家.日.内景

陈孝正家里非常贫寒，屋子中央挂着他父亲的遗像。

老张（画外音）：他出生在工人家庭，独生子，父亲早亡。

他母亲一个人在厨房里炒着菜。

老张（画外音）：他母亲性情乖戾，从小到大对他要求严苛。

33C 建筑学院老张宿舍.夜.内景

陈孝正上铺的少年大学生在被窝里打手枪。

下铺的陈孝正聚精会神地盯着墙壁上贴的数学公式。

老张（画外音）：他喜欢独处，不善人际交往。

33D 建筑学院老张宿舍.日.内景

老张和许开阳抽着烟下着围棋。

陈孝正将一张画有禁烟标志的图贴在宿舍墙上。

老张（画外音）：他有轻度洁癖，讨厌别人在宿舍抽烟。

33E 建筑学院老张宿舍.晨.内景

闹钟的铃声骤响。

陈孝正翻身下床。

正在酣睡的老张、少年大学生和小胖被闹钟惊醒。

三人不约而同地骂道：靠！靠！靠！

老张（画外音）：每天早上准时六点半起床锻炼，晚上均在图书馆。

老张继续对郑微讲着。

老张：他除了学习，别无嗜好。郑微呀，我看咱们也别痛打落水狗了，他虽然推了你一下够可恶的，但也吃苦头了，你就放过他吧！

郑微眼睛一瞪。

郑微：老张，你才落水狗呢！从现在开始，你骂他就是骂我。我跟他的新仇旧恨早一笔勾销了，现在，他是我喜欢的人！谁说我搜集这些情报是报复他？我是要投其所好，送其所要！

老张一脸痴呆表情。

老张：不是我不明白，这世界变化快！

34_
建筑学院体育场.日.外景.夏

陈孝正在跑道上跑步。

男生A从后面追上陈孝正。

男生A：阿正，你小子走了桃花运，艳福不浅啊！

男生A坏笑着，超过他向前跑去。

男生B从后面跑上来追上陈孝正。

男生B：阿正，看你平常对女孩子视而不见，原来不鸣则已一鸣惊人啊！把郑姑娘追到手了？

男生B又坏笑着跑了过去。

陈孝正停下脚步，回身向相反方向跑去。

35_

建筑学院校园英语角.夜.外景.夏

三三两两的学生，还有一些外国留学生，正分成小组用英语聊着天。

陈孝正和黎维娟站在一起。

黎维娟（用英文）：陈孝正，像我们这种出身寒微的人，在感情上，可不能玩火自焚啊！我说这个可是好心的，你当我是口语练习吧！

刚说完，黎维娟看见郑微朝他们这边走过来。

黎维娟神色慌张地朝郑微挥了挥手，离开了英语角。

陈孝正朝另外一组同学走过去。

郑微跟了过去，站到陈孝正旁边。

郑微：陈孝正，你不会那么没出息吧？难道跟我对话也不敢吗？莫非你心里有鬼？

陈孝正对郑微的存在视而不见。

郑微：陈同学，我英语不好，你要多指教！我想请问你，“我——喜——欢——你”这句话用英文怎么说？

陈孝正默然地看着郑微。

陈孝正：我不喜欢你，还要我说多少遍！

郑微笑吟吟地把手背在身后。

郑微：我就知道你会说这句话，从今往后，你再说“我不喜欢你”，意思就是说“我喜欢你喜欢得不得了”；你要是说“烦不烦”，就是说“你很漂亮”；你要是说“你到底想怎么样”，就是说“我想你了”；你要是说“无聊”，就是说“看见你真好”。

陈孝正嘲弄地笑笑。

陈孝正：无聊！

郑微：我就知道你会说“看见你真好”。我也是！

陈孝正沉默地离开。

郑微（朝着他的背影大声地）：对了，我忘记说了，你要是不说话，意思就是你暗恋我很久了！

36_
建筑学院郑微宿舍.夜.内景.夏

郑微仰面躺在床上，眼睛炯炯有神。

朱小北、阮莞和黎维娟也都躺在自己的床铺上。

朱小北：战士！你绝对是个战士！

黎维娟：微微，我是为你好啊，你和陈孝正的事，弄得校园里人人皆知。好多女生都说你是丢女孩子的脸，放着爱你的人不爱，找个啃不下来的自讨苦吃。

朱小北：嫉妒，统统是嫉妒！

阮莞：郑微你觉得累吗？

郑微：不管前面是刀山火海还是万丈深渊，我将义无反顾，勇往直前！

37_

建筑学院教学楼考场.日.内景.夏

陈孝正低头做题。

这时，坐在他身后的一个男生用笔轻轻捅了捅他的背。

陈孝正皱了皱眉，没有理会。那个男生加大力道又捅了捅，陈孝正忍无可忍，转过身正待发作。

男生（低声地）：不是要抄你卷子。（用笔朝窗外指了指）你看外面是谁，她一直在等着你呢！爽啊，考试都有人等，况且那么正点！江南一带的女孩子皮肤就是好！

陈孝正疑惑地向窗外看。

郑微站在教室外，背对着他，不知在搞什么名堂。

陈孝正皱起眉头不再看她，转而留意自己的考卷。

交卷的铃声响起，其他人都纷纷起身交卷。

陈孝正和教室里仅剩的另外一人不得不站起身。

38_
建筑学院教学楼前.日.外景.夏

郑微还蹲在那里。

陈孝正试图悄悄溜走。

郑微可怜兮兮地抬起头，看到陈孝正。

陈孝正只好应对。

陈孝正：你怎么这么无聊，不是都要准备考试了吗，时间多得用不完啊？

郑微（轻声地）：我有话跟你说。

陈孝正：走吧，蹲在这儿干吗？边走边说，我赶时间。

郑微：我蹲得太久了，脚麻。

陈孝正对着天空叹了口气，不情不愿地朝她伸出了一只手，她咧嘴一笑，迅速抓住他的手。他一用力，她就顺势站了起来。他飞快地甩开了她，一个人往前走。

郑微边揉着自己的小腿边跌跌撞撞地追了上去。

郑微：陈孝正，明天是我生日，我请你吃蛋糕。

陈孝正（毫不犹豫地）：不用了！

郑微扯住他的袖子不停地摇晃。

郑微：去吧去吧，晚上八点半，我在学校小花园等你，没别人，我就拿块蛋糕给你，绝对不干坏事儿，也不缠着你。一年就一次生日啊，我就这么一个小小的心愿，去吧去吧，好不好？

陈孝正烦不胜烦，实在躲不过，就警告地指了指她。

陈孝正：够了啊，别大庭广众之下拉拉扯扯的，你还是女孩子吗？

郑微：去吧去吧，去吧去吧，去吧去吧……

陈孝正（敷衍地）：行了行了，我要看看有没有时间，有时间就去。

郑微：真的？不准反悔啊！

陈孝正：嗯！嗯！你别再跟着我走就行了，别跟着了。

郑微没有再跟上去。陈孝正转身走了。

郑微（朝着陈孝正的背影）：记得啊，明晚八点半，学校小花园，不见不散！失约的人就长痔疮！

39_
建筑学院小花园.夜.外景.夏

郑微百无聊赖地坐在小花园的台阶上，身边放着个蛋糕盒。她不断地看着手表，一边伸手用力拍打着落在身上的蚊子。

郑微跷起腿，看到自己腿上布满了被蚊子咬的红包，她拼命地挠着。

40_
建筑学院自习教室.夜.内景.夏

陈孝正在看书，他也看了看自己的手表，犹疑了一下，继续低头看书。

忽然，陈孝正扭头看见他后排的座位上，郑微举着蛋糕，哀怨地看着他。

陈孝正吓了一跳，再定睛一看，是曾毓。她哀怨地看了他一眼，然后低下头，继续复习功课。

陈孝正回过神，继续看书。

41_

建筑学院自习室外.夜.外景.夏

陈孝正夹着书本出来，一抬头看见曾毓等在那儿。

陈孝正叫了声“曾毓”，友好地笑笑。

曾毓（敌意地）：你不觉得应该主动给我个交代吗?

陈孝正：交代什么?

曾毓：我在你的人际关系里面担当的是什么角色啊？我不太明白。

陈孝正（真诚地）：你是我在这个学校里唯一的真正的朋友。

曾毓（笑了）：是吗？那你真是自作多情了，我可从来没把你当朋友!

曾毓抬腿用膝盖顶了陈孝正肚子一下。

陈孝正“哎哟”一声。

曾毓扭身走了。

42_
建筑学院男生宿舍楼下.夜.外景.夏

陈孝正夹着书本往宿舍楼方向走，他停下来，犹豫了一下。

43_
建筑学院小花园.夜.外景.夏

陈孝正远远地看见郑微坐在台阶上，他朝她走过去。

郑微（平静地）：你来了？

陈孝正：嗯。等很久了？我说了我有空才能来的。

郑微：没多久，不过两个小时而已，坐着坐着，一会儿就过去了，就是蚊子太多。

郑微把自己被蚊子叮满了红包的腿朝陈孝正伸了过来。

陈孝正看到郑微露出的小腿上布满了星星点点的红痕。

陈孝正用书垫着，坐在她旁边。

陈孝正：你傻呀！明知道这种地方蚊子多，还穿这种裤子。

郑微把装着蛋糕的小盒子递给他。

郑微撇撇嘴。

郑微：你才知道我傻呀？明知道你不会讲信用的，还眼巴巴地等了你一个晚上。

陈孝正想说什么，就看见郑微的眼睛里已经含着泪水了。

郑微（可怜巴巴地）：反正来了，蛋糕总要吃一口吧？

陈孝正机械地打开盒子，用小叉子挑起一块放入嘴里。

陈孝正（认命地）：说吧，你想怎么样？只要是我能力范围内的事。你别再这样了，我不习惯。

郑微的声音都变调了。

郑微：我想怎么样？我能怎么样？你那么讨厌我！

陈孝正：唉，天，你别……你快说，要怎么样才算了？只要我能够做到的。

郑微：你现在答应得好好的，到时候又反悔了。

陈孝正：决不反悔！

郑微立马喜笑颜开，恢复原状。

郑微（得意地开口）：那好，明天是星期六，去南湖公园划船，你得跟我一起去！上午十点，我在码头等你。

郑微说完跑掉了。

陈孝正：哎，今天真是你的生日吗？

郑微（甩下一句）：不是，骗你的！

陈孝正有些恼怒地看着郑微离去。

44_
建筑学院老张宿舍.夜.内景.夏

陈孝正一推门，看见老张和许开阳正在下围棋。

两个人都抽着烟，一地烟头。

陈孝正皱了皱眉，放下手里的书，随后拿起扫帚，去扫地上的烟头。

许开阳：阿正，你又不是个女的，那么爱干净干吗？

陈孝正看了他一眼，没吭声，继续扫。

许开阳把手里的烟扔到地上。

许开阳：阿正，有件事儿跟你说一下，我给你揽的做模型那个活儿你恐怕干不成了。

陈孝正停下手里的活儿。

陈孝正：出什么事儿了？

许开阳：出什么事儿你也干不成了，我又给他们介绍了几个报价更低的同学。

陈孝正沉吟了一下。

陈孝正：仅仅是因为价钱吗，还是有什么别的原因？

这时，老张一看气氛不对，马上站起来。

老张：你们聊，我上趟厕所。

说完，老张就溜了。

许开阳：其实也是为了照顾你，你现在谈情说爱的，也没心思干这个。

陈孝正虎起脸来。

陈孝正：许开阳！你说话客气点儿！一个人不能因为有点儿钱，就对什么都不客气。我谈不谈情说不说爱，你就不用操心了！

许开阳：我打赌你跟郑微成不了！

陈孝正：这个赌注你就别下了，压根儿就没这个赌局！

许开阳（乐了）：你觉得你胜券在握了？

陈孝正：你找错对手了！你可以有优越感，但你别以为这世界上什么都是由你来选择的。你给我找活儿我很感谢你，但我不是你的马仔，我自食其力！

许开阳一把掀翻了棋盘，围棋子哗啦啦掉了一地。

小胖、少年大学生还有另外一个同学一起冲了进来。

陈孝正继续扫地上的烟头。

许开阳：你很跩呀！

陈孝正：你就别演大哥了！

小胖：我早看你不顺眼了！

几个人一拥而上，对陈孝正一通拳打脚踢。

陈孝正抡起扫把跟他们打了起来。

45_
南湖公园码头.日.外景.夏

郑微眼巴巴地在码头上等着陈孝正。

湖上有一些划船的人。

天色阴沉下来。

郑微抬头看天，又看了看手表。正看着，雨点儿掉了下来。

46_
建筑学院校园.日.外景.夏

下着雨。

郑微落汤鸡一样，在雨中悲壮地走着。

47_
建筑学院老张宿舍.日.内景.夏

陈孝正背对着宿舍门静静地坐在桌前看书。

郑微湿漉漉地冲进来。

郑微：陈孝正！你什么意思？

陈孝正（没回头）：我没说我要去啊！

郑微：好玩儿吗？你觉得这样好玩儿吗？你王八蛋！告诉你，姑娘我不玩儿了！

郑微摔门而去。

陈孝正抬起头来，鼻青脸肿的。

48_
建筑学院礼堂.夜.内景.秋

学院联欢会。

台上一群女生在表演健美操。曾毓在里面领舞。

阮莞、郑微、黎维娟和朱小北并排坐着。

朱小北：哟，领舞那个女生小腰真是柔软啊！

阮莞：她就是曾毓啊！

朱小北看了一眼郑微，马上见风使舵地开口。

朱小北：我说这小贱贱扭得那么厉害，原来是她，就跟跳秧歌似的。

郑微（一乐）：得了吧小北，你少装了。人家可比你跳得好多了。

舞蹈结束后，女主持人走了出来，持着话筒开口。

女主持人：现在，评委们正在进行紧张的分数统计。在结果出来之前，有没有哪位同学想上台表演个节目？（稍作停顿，就接着说）如果没有，我们有请曾副院长演唱一首《北国之春》。

话音刚落，《北国之春》的前奏已经响起，曾副院长风度翩翩地拿着麦克风，含笑站在舞台边上等候了。

主持人正准备微笑退场，忽然台下传来一个声音。

郑微（大声地）：慢！我想表演！

主持人的笑容立刻僵在那里，还没回过神儿，就见台下的郑微站起来。

郑微：姐姐，你的话不要说那么快嘛。我举手你都没看见？

郑微说着就要往台上走，一边的阮莞赶紧拉住她。

阮莞（低声哄道）：别冲动，我们想唱就去学校门口的KTV唱啊！

黎维娟（一把捂住脸）：妈呀！不要说我认识她！

郑微：不要！

郑微甩开了阮莞，一溜烟儿跑到了台上。

郑微：不是问有谁要表演节目吗？我要唱歌。

曾副院长在一侧笑了，随即非常有风度地退了下去。《北国之春》的音乐也戛然而止。

主持人：真是有勇气的小姑娘，请问你要唱什么歌？

郑微：《红日》。

《红日》的前奏音乐随即响起。

台下第一排的评委们开始交头接耳。

阮莞第一个在台下鼓掌。小北、黎维娟也热烈响应。

其他男生都起哄地鼓起掌来。

郑微投入地唱起来。

学生们群情激昂，全场卡拉OK似的跟着唱起来。

学生们朝空中扔着书报杂志。

陈孝正坐在后排。他周围的男同学开始向他起哄。

陈孝正僵坐了一会儿，起身离去。

郑微在台上唱着，看见陈孝正一个人从喧闹的人群中离去。

49_

建筑学院郑微宿舍 傍晚.内景.冬

郑微躺在床上盖着厚棉被，咳嗽着。

外面有人敲门。

郑微（声音沙哑地）：请进。

一个和黎维娟差不多岁数的男子，拎着一塑料袋小零食，出现在门口。

男的是一身很乡气的打扮。

男子：黎维娟住这屋吧？

郑微：是，她上课去了，应该马上就回来了。

男子：我是黎维娟的男友，我能坐这儿等会儿吗？

郑微：那你坐吧。

郑微往黎维娟的床指了一下。

郑微：那是她的床。（忽然）噢，你别坐她的床，她有洁癖，你坐凳子上吧。

黎维娟男友：噢。

黎维娟男友把塑料袋放在黎维娟床上，然后坐在凳子上。

郑微：我感冒了。你要喝水自己倒。

黎维娟男友：谢谢啊！

郑微：你是哪个学院的？

黎维娟男友（有些窘）：我连考了三年都没考上。我们俩是在高考补习班认识的，就好上了。可是她考上了，我没考上。我准备在这儿打工。

正说着，黎维娟和阮莞夹着书本走进屋来。

黎维娟一看见她的男友，就惊呆了，有些失态地张嘴就数落起来。

黎维娟：你怎么就跑来啦？你跟我出来！

黎维娟转身就往外走，书都没来得及放下。

阮莞和郑微都不明所以，互相看了看。

黎维娟男友慌慌张张地跟了出去。

50_
建筑学院校园一个角落里.傍晚.外景.冬

外面下了一层薄薄的雪。

黎维娟抱着书，继续嗔恨地跺着脚哭着数落男朋友。

黎维娟（改用河南方言）：谁让你来嘞？都让同学瞧见啦！不是说过你考不上大学就不和你好了吗？你还跑来干啥？

黎维娟男友（也是河南方言）：俺就不能来看看你吗？俺现在来这个城市打工了。

黎维娟：俺不可能和你再有啥瓜葛嘞！人不都要往高处走吗？你到大城市打工，不也是往高处走吗？谁愿意永远活在那个小县城里直到老死？你把俺当一个负心人好了！你去哪儿不能打工，干啥非要来俺待的这个城市打工？

黎维娟男友（有些伤感地）：俺不会纠缠你的，俺只是来看看你，俺走了。

黎维娟男友转身就走了。

黎维娟抹了把眼泪追过去。

黎维娟：既然来都来了，总得请你吃顿饭吧！

黎维娟男友：俺请吧，俺知道有个小饭铺。

51_
朱小北姐姐的包子铺.夜.外景.冬

这是一个在背街里的很破旧的小包子铺。

黎维娟跟男友朝包子铺走去。

黎维娟一抬头，发现包子铺里朱小北在和一个中年女人包包子，一下愣住了，赶紧去抓男友的手，想拉住他。

朱小北也正好抬头往外看，看见了黎维娟。

黎维娟只能走过去，尴尬地和朱小北打招呼。

黎维娟：小北，我和一个同学恰好路过这儿，真是太巧了！

朱小北（落落大方地）：这是我姐姐的包子铺，我来帮她忙。进来尝尝我们东北大包子吧！

黎维娟：不不不！我们还有别的事儿，改天再来吧！回头见！

朱小北的姐姐也朝黎维娟友好地点点头。

黎维娟和男友离开，走了几步，黎维娟停下来。

黎维娟（对男友）：你等我一下！

她又转身回去，在包子铺前喊朱小北。

黎维娟：小北，你出来一下。

朱小北出来，搓着手上的面。

黎维娟（轻声地）：小北，你放心，我绝对不会八卦你的事儿的！

朱小北（坦然地）：我也不怕同学知道，我姐辛苦挣钱供我上学，有什么好虚荣的！

黎维娟：那你回去干活儿吧，我走了。

朱小北回身进了包子铺。

朱小北姐姐：小北，姐会不会给你丢脸啊？

朱小北：姐，有什么好丢脸的！我没跟别人说，是不愿意让别人同情我们！

52_

建筑学院许开阳宿舍/宿舍走廊.夜.内景.冬

宿舍门敞开着。宿舍里一片狼藉，烟雾缭绕。郑微和老张、许开阳还有另外一个男生，正哗啦哗啦搓着麻将。

郑微不时地朝门口看着。

这时，陈孝正从门口走过，经过这间宿舍的时候，丝毫没有向里面张望的意思。

许开阳看了一眼郑微，顺着郑微的眼光看了看门口。

许开阳：看什么呢？

郑微（低声地）：没看什么。

郑微不动声色，继续打牌。

其他几个人也轮番出牌。

郑微这时抬眼，再次看见陈孝正端个盆装着自己的衣服朝走廊尽头的公共洗漱间走去。

许开阳跟郑微同时抬头，也看见了从门口经过的陈孝正。

许开阳：好好打牌，不许走神儿啊！

郑微斜了许开阳一眼，没说话。

陈孝正湿着双手从洗漱间那边又走了回来。

郑微的眼睛不时地留意着门外，看见陈孝正手里拎着一袋洗衣粉，双手湿答答的，第三次经过郑微所在的这间宿舍。

郑微警觉起来。

陈孝正低头边卷袖子边第四次经过，他终于沉不住气了，在门口停下来。

陈孝正（生硬地）：郑微你出来!

郑微挑衅地朝他仰起下巴。

郑微：我干吗要出去?

其他三人都停下来，紧张地看着他们两个人。

陈孝正皱起眉头走了进来，他像拎抹布一样把她拎起来。

郑微：你……你想干吗?

许开阳伸手护住郑微。

许开阳：你别在我眼前耍威风啊！把你的手拿开！

陈孝正：你别管，我俩之间的私事，跟你无关！

许开阳愣了一下，陈孝正就把郑微给揪了出去。

53_
建筑学院校园里.夜.外景.冬

陈孝正拉扯着郑微，将她带到男生楼下，这才放开她。

郑微惊魂未定，抚抚自己有些褶皱的衣服。

郑微：你想干什么？想劫财还是劫色？

陈孝正一点不觉得好笑，带着困惑和厌恶上下打量着她。

陈孝正：你究竟是不是女的？

郑微把手放下来，抬头挺胸。

郑微：你说谁不是女的？

陈孝正（鄙夷地）：我就从来没见过一个女孩子深更半夜在男生宿舍厮混打牌的，你有没有自尊？

郑微泄了气，负隅顽抗着。

郑微：关你什么事？我爱干吗就干吗！我跟你有什么关系？

陈孝正（恼怒地）：你要做这么丢脸的事也可以，不过别老对别人说你……什么我，我都替你脸红。

郑微憋红了脸。

郑微：我……什么你了？我不是告诉过你了吗，我不跟你玩了！就算我以前什么你，现在我也已经不什么你了！你给我滚远点儿！

陈孝正气不打一处来。

陈孝正：我就知道你这种人做什么都是朝三暮四，所以注定一事无成！

郑微：我怎么能成？你就像茅坑里的石头一样，你让我怎么成？切！

郑微拍拍衣服，掉头就走。

陈孝正（大声地）：我警告你别再做那么丢脸的事情！

郑微回过头。

郑微：关——你——屁——事！

郑微看着陈孝正涨红的脸。

郑微（狡黠地）：想管我，除非你是我的那个什么！

听了她的话，陈孝正没搭腔，他低头不知在想什么。
郑微走回到他身旁，将手在他眼前挥了一下。

郑微：陈孝正，请问你是陈孝正吗？

他一巴掌挥开她的手。

陈孝正：别烦！

郑微直起腰，趁火打劫。

郑微：别说我不给你机会啊！我给你十秒钟，你不否认就是答应从了我了啊。一……二…… 三四五六七八九十，时间到！

陈孝正（提醒她）：你报数的节奏不对！

郑微：女人就是这么报数的，你这都不懂？地球是很危险的，滚回你们火星去吧！

陈孝正终于忍不住笑了起来。

陈孝正：你才给我滚回火星去！

郑微：哼！别以为我的红旗插不到你的火星上去！

郑微说完转身，蹦蹦跳跳地离开。

郑微心潮澎湃地往前走着，突然觉得有些不对劲。

[郑微的幻觉：

郑微停下脚步，低头往自己的脚上看。

她的脚上，是她曾在梦里见到的那双闪闪发光的水晶鞋。]

不远处的一个电话亭前站着一个男人。

是林静，他躲在电话亭前，目击了这一幕。

林静忧伤地离开电话亭，朝另外一个方向走去。

他走过研究生宿舍楼下，突然从空中传来一个女生的尖叫声。

一块玻璃落下来，正好砸到他的右胳膊上，随即哗啦啦落在地上，碎成一片。

林静低头一看，右胳膊上的伤口往外翻着，血流如注。

林静有些傻了眼，抬头往空中看了一眼，又低下头，捂住伤口，迷迷瞪瞪往前走。

从女生宿舍门口跑出一个和林静岁数差不多的女孩，她是施洁。

施洁看见不远处的林静，惊慌失措、跌跌撞撞地跑过去，嘴里喋喋不休。

施洁（神经质地嚷嚷着）：是我的责任是我的责任！我全赔我全赔！你等一下你等一下！

林静好像什么也没听见，还是照样往前走着。

施洁终于赶上了林静，她绕到林静面前，低头看到林静胳膊上手上衣服上的血，立刻翻了个白眼，一下子晕倒在林静面前。

54_
建筑学院大学新生接待处.日.外景.夏

又是一个新学年。

又有几个男生站在校门口恭候着。

新生接待处前面，挂着一个巨大的横幅，上面写着：“欢迎新同学，放飞你青春的理想”。

接待处前面人来人往，都是拎着大包小包的家长和学生。

老张吃力地拎着个大提箱，满头是汗，走在他身边的是一个清秀瘦弱的小女生。

郑微挽着陈孝正的胳膊，两个人亲密地走在一起。

校园里的人都纷纷驻足而望，向郑微和陈孝正这一对金童玉女行注目礼。

郑微看见建筑工程学院接待新生的桌子前，曾毓站在那儿，正在给新生办理入学手续。

陈孝正顺着郑微的视线，也看见了曾毓。

曾毓这时抬起头，冷冷地看了他们一眼，又埋头做手边的事。

郑微和陈孝正往前走。

郑微：你跟我好，没后悔过吧？你可错过了做校长女婿的机会。

陈孝正：你不也错过了嫁入豪门的机会吗？

郑微突然神经质地停下来，看着陈孝正的眼睛。

郑微：你保证，永远跟我好下去！

陈孝正笑笑，拉了她往前走。

郑微：你为什么不敢保证？

陈孝正：除非现在我已经八十岁了，才能回答你这个问题。说实话，我是真没打算在大学期间谈恋爱的，我不是不知道曾毓对我的意思，但是我一直都转化成友情的。你对我是个异数。

郑微又神经质地停下来。

郑微：你抱我一下！

陈孝正（嗔怪地）：你是要向曾毓示威吗？我看没这个必要。

陈孝正拽着郑微向前走去。

55_
建筑学院女生宿舍走廊.傍晚.内景.夏

阮莞从宿舍跑出来，奔到公用电话旁边，抓起放在桌面上的电话筒。

阮莞：喂？我是阮莞！……你怎么又来了？……不是刚开学吗？……好好好，我马上过去！

阮莞刚放下电话，那个送鲜花的快递走到她旁边，手里捧着一束满天星。

快递员：阮莞，你的花！

阮莞：我不要了。以后这人再送花，你就别送了，自己留着吧！

快递员一愣。

阮莞快步跑回宿舍。

56_
建筑学院招待所的一间客房.傍晚.内景.夏

赵世永趴在床上，旁边扔了一个他的小旅行箱。

阮莞推门进来，看见赵世永。

阮莞（纳闷地）：你怎么了？

赵世永从床上起来，满脸的忧虑。

阮莞：你怎么不打声招呼就来了？住什么招待所呀，在男生宿舍给你找个空铺不就得了？

赵世永一直不敢看阮莞。

阮莞觉察出不对，坐到他身边。

阮莞：看我给你织的这条围巾，今年冬天就能围了。

阮莞说着，把织了一半的围巾给他套在脖子上看。
赵世永忽然一头扎进阮莞的怀里哭了起来。

赵世永：我对不起你！我不知道该怎么办！
阮莞：你哭什么？出什么事儿了？

赵世永把阮莞抱得更紧了，也不说话。

阮莞：你有点儿出息行吗？
赵世永：你一定得原谅我！我爱你！

阮莞安抚地摸了摸他的头。

阮莞：你先说什么事儿吧，天塌了有个儿高的顶着呢！
赵世永：我让一个女同学怀孕了。

阮莞愣了，一动不动，没有反应。

赵世永没有听到阮莞的动静，禁不住抬起头，泪眼婆娑地看着阮莞。

赵世永（胆怯地）：我没喜欢她，她也没喜欢我，就是有一天晚上大家一起喝酒，都喝多了，她一直哭。我觉得她很可怜，就安慰她，也不知道怎么着，我们俩就稀里糊涂地……就那一次。昨天她突然告诉我，她怀孕了……

阮莞平静如水。

阮莞：她打算怎么办？你打算呢？

赵世永：我不知道她怎么打算，她一告诉我这个消息，我吓坏了，就跑来找你了。

阮莞：你在这儿等着我，我去收拾东西，我跟你回去解决问题。

阮莞站起来就走。

赵世永：我以后再也不会对不起你了！

阮莞径直走出去。

57_
建筑学院宣传栏橱窗前.傍晚.外景.夏

老张和几个同学在宣传栏橱窗的两头，踩在几张课桌上，把一个“热烈欢迎香港回归祖国”的长幅标语往下摘。

宣传栏前的地面上，放着一个“热烈庆祝党的十五大胜利召开”的长条横幅。

阮莞走过来，喊了声“老张”。

老张扭头看见阮莞，欣喜万分，把标语递到旁边一个同学手里，从桌子上跳下来，跑两步到阮莞跟前。

老张：阮姑娘有何吩咐啊？

阮莞（郑重地）：老张，我遇到点儿难事儿，借点儿钱给我，如果你那儿没有，就帮我想想办法。

老张：你放心，什么时候要？

阮莞：现在。

58_

浙江某市的一家妇产医院.日.内景.夏

阮莞和赵世永的女同学谭小晶坐在手术室走廊的长椅上。

谭小晶长得瘦瘦小小，其貌不扬。

谭小晶：阮莞，我挺服你的！如果换成我，我早崩溃了！

阮莞：事到临头，崩溃有什么用！

谭小晶：我不知道该怎么弥补对你的伤害，如果有办法的话，要杀要剐，由你处置。

阮莞：你何尝没受伤害呢？

谭小晶：我活该！我既没看上赵世永，赵世永也没看上我。那天喝多了酒，我很伤心，因为从来没一个男生对我感兴趣，是赵世永的善良害了我们俩，希望你不要记恨他！我一点儿都不记恨他，因为那是我的第一次！

阮莞：难道这就是每个人不得不经受的考验吗？

这时医生喊道：谭小晶在吗？进手术室！

谭小晶站起来。

谭小晶：我去了。

阮莞：忍着点儿!

谭小晶点点头，走了两步又回来，看着阮莞。

谭小晶：赵世永配不上你！手术费就算你们帮忙先垫的，以后我会还的!

59_
浙江某市的火车站月台上.日.外景.夏

阮莞拎着个皮箱，看了一眼一直低着头的赵世永。

阮莞：你回吧，我上车了。世永，既往不咎，下不为例!

阮莞说完，自己拎起皮箱向车厢走去。

60_
火车车厢过道处.日.内景.夏

阮莞独自站在车厢过道处，面向着车窗外。

车窗上映着她的脸，她在流泪。

61_
空镜

深秋。校园里的树木一派金黄。

62_
建筑学院自习教室.夜.内景.秋

陈孝正和郑微在一起做功课，郑微捧着一包爆米花咔嚓咔嚓地吃着。

陈孝正：郑微你是老鼠吗，就不能消停会儿？

郑微吐了一下舌头，放下爆米花。

陈孝正把眼前的作业本推到郑微跟前。

陈孝正：你的功课永远那么马虎！这个钢筋的配比率，错得真离谱！

郑微心不在焉地扫了一眼作业本。

郑微：是吗？可能是我算错了。

陈孝正（生气地）：你知不知道小小的差错有可能让一栋大楼倒塌？你这样马虎草率，能做一个土木工程师吗？

郑微：我不就是让你检查检查嘛，用得着那么大动肝火？

陈孝正看了郑微一会儿，叹了口气。

陈孝正：大概是我太小题大做了，不过郑微，我跟你不一样，我的人生是一栋只能建造一次的楼房，我必须让它精确无比，不能有一厘米差池——所以，我太紧张，害怕行差步错。

郑微撒娇地撞了一下陈孝正。

郑微：我不就是你那个一厘米的差错？阿正，老师不也说，任何一栋建筑都允许存在合理范围内的误差，我这一厘米不足以让你的大楼崩塌。

陈孝正白了她一眼，继续看她的作业。

郑微：我快过生日了，你准备送我什么礼物？

陈孝正：就不告诉你！

63_
建筑学院男生宿舍楼顶的天台.黎明.外景.秋

红日初升。

陈孝正盘腿坐在天台上用刀削着一块木头。

64_
饭馆的包间.夜.内景.秋

郑微的生日。

饭桌上热闹非凡。郑微、阮莞、黎维娟、朱小北、老张还有许开阳，都在座。

大家纷纷举杯向郑微庆生。

欢声笑语中，郑微的脸通红通红的，还不忘兴致高昂地招呼大家。

郑微：同志们，吃好喝好啊！

阮莞附在郑微耳边。

阮莞：你们家陈孝正呢？怎么还没来？

郑微：他说要帮系里的老师做点事，那边结束了就过来。

说完郑微提高了音量。

郑微：大家别等了，快给蛋糕插蜡烛，我等不及了！

众人七手八脚地把蜡烛点燃。

唱生日歌的时候，陈孝正推门而入。他看见一屋子的人，有片刻的吃惊，郑微赶紧亲热地招呼他，一边埋怨着。

郑微：怎么那么晚呀？等你好久了！

陈孝正笑笑不语，坐下。

吹灭蜡烛许过愿之后，大家纷纷“进贡”礼物。

许开阳最后一个把礼物递给郑微，是一个包装得很漂亮的盒子。

郑微：哇！什么呀？有点儿沉！

许开阳：拆开看看不就知道了。

周围的人起哄着让郑微赶紧拆。

郑微：那我真的拆了哦！

郑微撕开包装纸，大家都一声惊叹。

里面是一块手表。

郑微（一愣）：太贵重了吧？

许开阳用手玩着郑微撕下来的包装纸。

许开阳：礼物都是心意，贵不贵重，反正意义都是一样的。

郑微偷偷看了陈孝正一眼。

陈孝正不动声色。

许开阳（半开玩笑地）：要是觉得太贵重了，那你也送我一样东西吧。

郑微（憨憨地）：可我不知道送你什么呀！

许开阳防不胜防地在郑微的脸蛋上飞快地啄了一下。

许开阳：要不就送我这个吧！

看着他大胆的举动，周围的人马上没了声音。大家一会儿看看面无表情的陈孝正，一会儿看看捂着脸呆呆的郑微，再看看像个孩子一样低着头的许开阳，不知道该说什么好。

阮莞突然笑了起来。

阮莞：许公子的西方礼仪学得十足啊！这个朋友间的吻面礼让我们这些没见过世面的都吓了一跳。

朱小北赶紧接上话。

朱小北：是呀是呀，郑微，我也可以来一下吧？

老张一副流口水的模样。

老张：阿正，我也排队，你没意见吧？

陈孝正笑而不答。
郑微反应过来，笑骂着。

郑微：统统排队交钱！

大家一阵笑闹，刚才的尴尬才散去不少。

老张：微微，我们还有第二场吗？

郑微正想说话，许开阳先开了口。

许开阳：要不待会儿我们去对面的KTV唱歌吧，微微的生日，我埋单……微微，你要是有意见，就是不把我当朋友了。

郑微：哦，那好吧！

65_
饭馆门口.夜.外景.秋

一行人出了门。

陈孝正（忽然对郑微说）：不好意思，我答应周教授做的事情，还有点收尾的工作，要不你们去玩，我先回去？玩得开心点！

他朝所有人点点头，转身就走。

郑微：阿正！

她追了上去，忽然好像想起了什么，又匆匆跑回来，把那块手表连带盒子塞回到许开阳手里。

郑微：开阳，谢谢你！心意我收下了，东西太贵重我不能要，就当……那个朋友间的吻面礼是你送给我的生日礼物吧！

郑微说完，就回头去追陈孝正。

66_
建筑学院校园里.夜.外景.秋

郑微一路追着陈孝正。

郑微：阿正你怎么了？

陈孝正（边走边说）：没怎么！不是跟你说了有点儿事情要赶回去吗，你跟过来干吗？今天你是主角，他们都在等你。

郑微笑着。

郑微：通常男主角走了，女主角都是要追上去的呀！你生气了是不是？

陈孝正（不以为然地）：没事找事，我无缘无故生什么气？

郑微转到他跟前。

郑微：是你自己说的啊，不许生气！我的礼物呢？

陈孝正不看她。

陈孝正：最近忙晕了，所以忘了这回事儿！

郑微直盯着他。
他的眼睛有些躲闪。

郑微：你骗我！

陈孝正失去了耐心。

陈孝正：爱信不信！我走了！

郑微直接把手伸进陈孝正的裤子口袋里摸索。

陈孝正（尴尬地）：乱摸什么呀！

陈孝正阻止郑微胡乱摸索的手。

郑微双手并用继续摸，在陈孝正发火之前，成功地在陈孝正的口袋里掏出一个东西。

她把那小东西拿在手里，好奇地细细端详，居然是一个木头雕的小龙，憨态可掬，做工精细。

郑微：哈哈，太可爱了，还骗我说没礼物！

陈孝正：谁说送给你的？我自己做着玩的！

郑微狐狸一样眯着眼睛。

郑微：你要不是送给我，就是想把它带在身边睹物思人！不过它哪有我漂亮可爱呀？

陈孝正横了她一眼。

陈孝正：我不得不佩服你的厚脸皮！

郑微忽然抱住陈孝正。

郑微：阿正，我很喜欢！

陈孝正：你快回去吧，大家都等你呢。

郑微：我喝了几杯啤酒，有点头晕，也不想去唱歌了。你能陪我走走吗？

67_
建筑学院小花园.夜.外景.秋

郑微和陈孝正坐在草丛里。

只有远处的角落里有一盏路灯，其余的地方黑黝黝的。

郑微：阿正，从我们好了的第一天起，我心里就一直很害怕，我总是怕你忽然就不见了。你答应我，你不要突然失踪，我怕没有足够的勇气一直等你，更怕我们走着走着，就再也找不到对方了。

陈孝正忽然动情地双手捧住郑微的脸端详着。

陈孝正：每个人明明都是独立的个体，一个人怎么能那么依恋另一个人？

郑微：把你换成我，只换一天，你就能懂！

陈孝正：和你在一起以后，我再也不是原来的自己了。

两个人动情地拥吻在一起，郑微睁着眼睛看着陈孝正。

陈孝正也睁开眼睛。

陈孝正：怎么我每次吻你，你一定要睁着眼睛？

郑微：我要牢牢看在心里，以后好回忆。

陈孝正又动情地亲吻起郑微。

郑微又悄悄地睁开了眼睛，她看到旁边的草丛里，有萤火虫一闪一闪，那些萤火虫忽然变成了一小颗一小颗金色的心形。

陈孝正将郑微压倒在草丛里，一只手探进她的上衣里。

郑微：我是不是太小了。

陈孝正：好像是小了点儿，不过我也没见过大的，所以觉得还好。

68_
空镜

大雪纷扬，校园里玉树琼枝。

69_
建筑学院小超市.日.内景/外景.冬

朱小北正在货架前挑选东西。

朱小北拎着几包方便面从超市出来。

一个保安追出来。

保安：这位同学，麻烦你回来一趟，出了点儿差错。

朱小北（疑惑地）：什么差错啊?

保安：我们有事儿得确认一下。

朱小北跟着保安回到超市。

老板娘：不好意思啊，你看你身上有没有没付款的商品。

朱小北一听就急了。

朱小北：我总共就买了几袋方便面，有什么东西没付款？

老板娘：那就验明正身吧！

朱小北：凭什么？你有什么证据？

老板娘：你可以给我证据呀！你是自己交出来，还是让我们搜？

朱小北：你们这是对我人格的侮辱，这是侵犯人权！

老板娘：你怕侮辱就别偷人东西！

老板娘和保安上前去搜朱小北的衣服。

朱小北和他们揪打起来，把货架上的东西全撞倒在地。

超市里的一些学生都围过来。

70_
建筑学院保卫处.日.内景.冬

朱小北、超市老板娘和保安三个人站在屋里，办公桌前坐着一个男老师。

朱小北的衣服都给撕破了，脸上被抓破了几道。

老板娘脸上也有几道抓痕。

男老师：有什么事儿不能协商解决？遇到这种情况为什么不向保卫处反映、不找组织解决呢？非要用野蛮的行径解决吗？保卫处是形同虚设的吗？就这么点儿小误会，搞成这么恶劣的局面！这是大学，不是菜市场！

朱小北（气涌如山）：一点儿小误会？这是对人权的践踏，对人格的强奸！我要他们正式向我道歉和赔偿！

男老师：你嚷嚷什么！这不正在调查解决吗？我会公正处理的！他们当然要向你道歉，但是你也要赔偿别人的损失！

朱小北（激动地）：我凭什么赔偿他们？

男老师：怎么着，你还想把事儿再闹大吗？你不要得理不饶人！

朱小北的泪水夺眶而出，拔腿跑了出去。

71_
建筑学院小超市.日.内景.冬

朱小北冲进超市，像一头愤怒的狮子，把货架和收银台砸了个稀巴烂。

超市的橱窗外，挤满了围观的学生。

朱小北看到他们，拎起一样东西朝玻璃橱窗扔了过去。

学生们尖叫着四散逃去。

玻璃窗碎了一地。

72_
建筑学院通告栏

通告栏上，醒目地张贴着朱小北被开除的通告。

通告：土木工程系96级学生朱小北，因寻衅滋事，打砸学校超市，影响恶劣，经院办决定，予以开除。特此通告！1998年12月15日。

73_
建筑学院郑微宿舍.日.内景.冬

朱小北的姐姐在她的床铺上打着行李包。

黎维娟、阮莞和郑微在一旁伤感地沉默着。

阮莞：大姐，如果有什么事儿需要帮忙，您尽管说！

朱小北姐姐：我一直听小北说起你们，你们在一起这几年待她跟自家人一样，都挺照顾她的，我代她谢谢你们！

郑微：小北永远是我们的姐妹！

黎维娟：大姐，我们想去送送小北。

朱小北姐姐：你们别去了，见着你们她更难受，她从小好面子。

黎维娟流泪了。

黎维娟：我们会想她的！

阮莞：小北接下来有什么打算呀？

朱小北姐姐：我没敢问她，先跟我待一段儿吧，不能让老人知道。

朱小北姐姐把行李都拎起来。

朱小北姐姐：你们都好好学习，我走了。

朱小北姐姐走出去。

郑微又抹起眼泪。

74_
朱小北姐姐包子铺.日.外景.冬

包子铺大门紧闭，门上贴了一张纸，写着：此店铺转租。

75_
大学毕业生人才招聘会.日.内景.夏

招聘会现场大厅里，人山人海。大厅里一排排布置的都是各个用人单位的展位。每个展位的接待桌后面的隔板上，都在顶端位置醒目地贴着他们各自的单位名称，下面是介绍公司概况的图片和文字。

郑微挤在人群里，四下寻找着。

中建招聘展位前的队伍已经排了不少人。

郑微远远看见排在队末的陈孝正，他身边站着曾毓，两个人隔着一米的距离。一向娴静的曾毓激烈地向陈孝正表达着什么，表情恼怒而愤慨，她伸手朝陈孝正比画了一下。

陈孝正异常地平静。

曾毓尝试着把手放到陈孝正的肩上，嘴里依旧在说着什么。

陈孝正淡淡地回答了几个字，肩膀却不落痕迹地避开曾毓的手。他转身的时候，视线不经意地对上身后的郑微，于是露出了笑容，草草跟曾毓说了几句，就朝郑微走来。

郑微：你们在干吗?

陈孝正看了她一眼，用手敲了敲下巴。

陈孝正：我猜猜，玉面小飞龙吃醋了?

郑微（生气地）：我才不会呢，懒得管你们!

陈孝正牵住她的手。

陈孝正：笨蛋，她也来中建应聘，正好碰见了。我跟她毕业实验分在一组，现在是准备阶段，有些问题的看法她跟我不一样，争辩几句罢了！别苦着脸，本来长得就不怎么样，生气就更丑了。

郑微：我不管，以后五十岁以下的雌性动物都给我保持三米以上的距离！还有，你什么时候让我去见你妈？

陈孝正沉吟了一下。

陈孝正：等找完工作再决定好吗？

两个男人坐在展位前。

陈孝正把自己的简历递过去。

一个三十多岁的男子翻了翻陈孝正的简历，将它递给了身边的另外一个男子。

郑微赶紧把自己的简历也递过去。

男子：我们只招男生，不招女生。

郑微：不招就不招吧。

郑微看了一眼陈孝正，又看着工作人员。

郑微：他很不错是吧？

男子：是不错！怎么，他是你小男朋友？

郑微：是呀，我们都觉得他很好，看来我跟你看人的眼光很相似哦!

陈孝正都觉得有些汗颜，尴尬地轻咳了一声。

男子：这倒也是。

男子饶有兴味地看着郑微，似乎在等待她接下来的说法。

郑微：你们觉得他好，一般来说都想留住他是吧？听说大企业都担心人才流失，照我说，什么感情留人、报酬留人都不管用，最可靠的办法就是让人才“双职工”化，这样就稳定了哦，你说对不对？

男子：然后呢？

郑微：然后最好的办法就是让我和他成为你们的“双职工”，这样我们就能尽心尽力地为企业献出全部的青春和热血呀!

陈孝正觉得无奈，但还是忍不住笑了。

男子用手中的简历轻轻敲了敲桌子，也笑起来。

76_
城市的林荫道上.日.外景.夏

陈孝正和郑微两个人骑着自行车。

陈孝正闷闷不乐的。郑微看了他两眼。

郑微：怎么从招聘会回来你一直闷闷不乐呀？

陈孝正：郑微，我一直没有实现我的一个承诺。你不是一直让我陪你去海洋馆吗，我现在就陪你去好不好？

郑微：啊？要二十块钱一张票啊，你带学生证了吗？

陈孝正：没带。

郑微：那算了，不看了不看了！

陈孝正：就是两百块钱我也要请你看！

77_
海洋馆.日.内景.夏

海洋馆里的座位上，稀稀拉拉地坐着为数不多的观众。

郑微和陈孝正看着海豚表演，郑微看得异常入迷。

郑微看了一眼陈孝正。

郑微：我要能亲自摸一下海豚就好了！

陈孝正忽然站起来离开座位。

郑微诧异地望着他。

陈孝正三步并作两步，跑到驯兽师的跟前，跟他低语了几句，然后伸手朝郑微的座位这边指过来。

驯兽师顺着陈孝正指的方向，朝郑微这边看。

郑微看见驯兽师朝她招招手，示意她过来。

郑微欣喜地从座位上跳起来，一路小跑着来到驯兽师的跟前。

驯兽师吹了声哨子。

一只海豚游到了池边，从水里浮起身来。

驯兽师：摸吧！

郑微激动地在池边蹲下来，伸手摸了摸海豚的头。

78_
海底世界的玻璃窗前.日.内景.夏

郑微余兴未消。

郑微：阿正，你跟驯兽师说了什么，他答应让我摸海豚的？

陈孝正笑笑。

陈孝正：一个秘密！

陈孝正拉着郑微向前逛去。

79_
建筑学院女生宿舍水房.日.内景.夏

水房里，郑微和阮莞在洗头。

黎维娟一脸是汗地跑进来。

黎维娟：郑微，出大事了！我听说了一个恐怖的消息……

郑微抬起脖子，用毛巾擦拭头发。

郑微：切，你哪天没有劲爆的八卦传闻呀？

黎维娟：我说你呀，被人卖了还替人数钱。我刚才在学生会得到的可靠消息，全校仅有的两个公派留学名额你们家陈孝正就占了其中一个，听说去的是美国，签证都下来了！他可真有出息，这么大的事瞒得密不透风，你这傻瓜还蒙在鼓里吧？

郑微愣在那里，扑哧一声笑了。

郑微：你真是小喇叭，他都去中建应聘过了！

黎维娟急了，指着郑微的鼻子。

黎维娟：你真是二五眼，这事儿能开玩笑吗？这消息全系都传遍了！你真是风暴中心，全世界都知道了，就你一人不知道！

郑微：谁胡说的？我是他女朋友，他的事儿我还不知道？

黎维娟顿足。

黎维娟：好好好！算我放屁！

黎维娟转身就走。

郑微愣了一下，忽然拔腿就跑。

阮莞：郑微！等一下！

80_
建筑学院男生宿舍水房.日.内景.夏

陈孝正正在洗衣服。

郑微披着湿漉漉的头发，喘着气，走到他跟前。

陈孝正猛一回头，有一丝惊讶，但很快平缓如常。

陈孝正：你怎么湿着头就来了？

郑微笑着。

郑微：我忽然想来看看你。你知道吗？刚才我从黎维娟那儿听说了一个笑话，她居然说你就要出国了，而且又是美国！哈哈，你说好笑不好笑？

陈孝正静了静，扔下手里的衣服，回身抓住郑微的手。

陈孝正：郑微，你先跟我来，我们换个地方说话。

郑微：不用了，在这儿说挺好的！

陈孝正站定，松开她的手。

陈孝正深呼吸。

陈孝正：郑微，对不起！

郑微：为什么要对不起？你是不是又做坏事儿了？

陈孝正：他们说的都是真的，中建是我的备份选择之一，我没想到签证下来得那么快。

郑微（茫然地）：这么说，我是最后一个知道的？

陈孝正：我想了很久，但总是找不到一个办法，能让你不那么伤心。

郑微：我不伤心？你瞒着我，直到再也瞒不过去了才承认，这样我就不会伤心？陈孝正，这是什么逻辑？

陈孝正：我说过，我的人生是一栋只能建造一次的大楼，所以我错不起！郑微，哪怕一厘米也不行！

郑微：所以你现在才幡然醒悟，及时纠正你那一厘米的误差？公派留学，我喜欢的人果然是最有出息的一个！只是我不明白，你的前途跟我必定是不能共存的吗？即使你一早向我坦白，我也未必会阻挠你。是不是因为你的蓝图里从来就没有我？

陈孝正不说话，郑微吃力地推搡着他。

郑微（声嘶力竭地）：解释！你可以解释！阿正，我要你的解释！（变成哀求）给我个解释，说什么都行，就说你是迫不得已，或者说你是为了我好，说什么我都接受。

陈孝正握住郑微的手放在自己胸前。

陈孝正：郑微，总有一天你会明白，人首先要爱自己，我没有办法一无所有地爱你。

郑微：所以你要爱回你自己？

陈孝正：可能说出来你永远不会理解，我习惯了贫贱，但是没有办法让我喜欢的女孩子忍受贫贱。

郑微：你就认定了跟我在一起必定会贫贱？为什么你连问都没有问过我？也许我愿意跟你吃苦！

陈孝正情绪激动。

陈孝正：但是我不愿意！
郑微：海洋馆是你给我的分手礼物对吗？

陈孝正忽然哭了。
郑微笑了。

郑微：这是我第一次看见你为我哭，真是千年的铁树开了花！可是该哭的是我！

郑微转身离开。

81_
建筑学院体育场.黄昏.外景.夏

郑微和阮莞并肩坐在台阶上。

夕阳西下，落日的余晖红彤彤地照着她们。

郑微默默流着泪。

阮莞在一旁无语地看着她。

学生们照旧在运动场上运动着。

82_
建筑学院门口的小饭馆门口.夜.外景.夏

郑微和阮莞、黎维娟一起往饭馆的门前走去。郑微走在最后。

这时，许开阳搂了个女孩正好从饭馆走出来。那是一个清清秀秀的女孩。

郑微看见他，亲切地打招呼。

郑微：开阳！

许开阳满脸戒备而小心，他看了郑微一眼，下意识地搂紧了身边的女孩。

许开阳（冷漠地）：你好！这是我女朋友！

郑微：开阳，我只是很高兴见到你，仅此而已，你用不着这么戒备。

许开阳：你高看我了！我挺狭隘的！

说完，许开阳搂着女孩走了。

83_
建筑学院门口的小饭馆.夜.内景.夏

小饭馆里，十几张桌子，全是吃散伙饭的学生们。学生们一个个脸色通红，有的人在高声唱歌，有的人在碰杯喝酒，有的抱在一起痛哭。桌上杯盘狼藉，地上全是烟头和空酒瓶子。

郑微她们这一桌，老张也在座。

几个人都已经喝得醉醺醺了。

郑微不停地往自己嘴里灌酒。

估计是喝糊涂了，黎维娟又大着舌头对郑微开口。

黎维娟：郑微，我真替你不值！陈孝正那小子不是东西！我早就说过，越是他这种寒门出身的男人就越世故薄情，你偏偏不肯听我的，才吃了这样的大亏！

郑微眨巴了一下眼睛，嘻嘻地笑。

郑微：我吃了什么亏？谁拿枪逼着我了？别跟我叽叽歪歪地说吃亏，没谁逼良为娼，这事就图个你情我愿！我愿意傻，他愿意走，谁也不欠谁的……即使他走了，在一起的快乐也不可能喂了狗！

郑微说着说着又开始感伤，借着酒意一把抱着黎维娟的肩头就哭了。

郑微：娟，以后没你让我心烦了，我会不习惯的……还有你，阮莞，你再也不能惯着你们家赵世永了！你们家小永永是个懦夫，说好了毕业跟你来这儿工作的，最后还不是没出息，回他父母身边工作了！

阮莞：碰到爱情，没一个女人有智商！不说我了，也不知道现在朱小北在哪儿呢，我很想念她。

这时候，老张高举着杯子起来。

老张：姑娘们！我们要来点儿积极向上、慷慨激昂的！

今天我们是学校的好学生，明天我们就是社会的好栋梁！为青春永垂不朽干杯！

几个人碰杯。

老张：送姐妹们一首豪放派的词，一扫你们萎靡不振的情绪！

云海天涯两渺茫，

何日功成名遂了，

还乡……

阮莞、郑微和黎维娟一起加进来，四个人齐声朗诵：

醉笑陪公三万场，

不用诉离觞，

痛饮从来别有肠……

84_

浙江某城市机场高速公路.日.外景.夏.21世纪初

一辆汽车行驶在机场高速公路上。

赵世永开着车，旁边是阮莞。

赵世永西装革履，一副成功人士的装扮。

阮莞一身职业妇女装扮。

阮莞：世永，这样奔波我不知道还能坚持多久。

赵世永：以后我去南边看你，你不要跑了。

阮莞沉默了一会儿。

阮莞：我怀孕了。

阮莞审视着赵世永的反应。

赵世永紧张得面如土色。

赵世永：不会吧？不会吧？

赵世永一个急刹车，把车停在了高速公路边。

赵世永：我们明明做好了安全措施的呀！

阮莞忽然笑着摇了摇头。

阮莞：我开个玩笑，骗你开心而已！

赵世永如释重负，嗔怪她。

赵世永：你怎么能开这么严重的玩笑呢？我妈本来就不太同意咱们俩之间的事儿，你要真怀上，我可怎么招架呀？

85_
某建筑公司办公室.日.内景.夏

一身正装的郑微，“啪”地把一份文件扔到二十岁出头的做内勤的小姑娘面前。

郑微：这是怎么回事？

小内勤有些蒙，连忙拿过那份文件看了一眼。

小内勤：郑秘书，我怎么了？

郑微：我什么时候同意过这笔开支？刚才我问是谁批准支

出这笔经费的，他们说是你说我同意的。小李，你真是越来越能干了！

小内勤：我……我没有让他们这么做……

小内勤抓着那份文件，六神无主。

郑微：行了行了，你不说我也知道是怎么回事。我跟你说过多少次，平时做事，一定要灵活机变，宁可不说，也别让人抓住话柄。

小内勤眼圈红了，哭也哭不出来，双手手指紧紧地在身前纠缠。

郑微叹了口气。

郑微：你还年轻，太多人情世故你还不懂。我希望你记住这一课，小李，无论是工作和生活，都切记凡事三思而后行。

郑微的手机突然响起来，她朝小内勤摆摆手。

郑微：你去吧！

郑微接起电话。

郑微：喂？阮莞？你怎么换电话了？

86_
妇产科手术室走廊.日.内景.夏

郑微和阮莞坐在走廊的长椅上。

郑微：你想好了吗？孩子真的不要了吗？

阮莞肯定地点点头。

阮莞：我不会和赵世永结婚了。在我说出我怀孕了，他惊慌失措的那一刻，我对他的爱彻底死了！

手术室门口，有女护士喊：阮什么呀？是叫阮莞吗？

阮莞：在呢！

阮莞起身过去。

郑微：阮莞，你有我呢！

阮莞朝郑微笑了笑，走向手术室。

郑微站起来，走到窗边往外眺望。她好像看见了什么，愣了，迅速转身快步向楼下跑去。

87_
医院病房的大厅.日.内景.夏

郑微气喘吁吁地从楼梯上下来。

一个穿着检察官制服、胡子拉碴的中年男人，拎着饭盒从外面走进来。他是林静。

郑微定睛辨识着林静，她忽然有些慌乱，扭身想躲避。她刚上了几级台阶，身后传来了林静的声音。

林静：郑微！

郑微只得转过身去。

林静站在台阶下仰视着她，一脸笑容。

郑微俯视着他，局促地一动未动。

林静走上台阶，主动伸出手。

郑微看到林静的胳膊上有一道长长的伤疤。

郑微没有和他握手。

郑微（故作平静地）：七年不见，别来无恙？

林静收回手，有些调侃地笑着。

林静：我设想过很多次和你重逢的情景，但绝对不是今天这样子，应该比这煽情！至少也得在海边湖边，你一袭白衣长发飘飘之类的，我应该是在千人万人之中蓦然回首，与你相遇！（掏出一张名片）这是我名片，我们改天再约，我现在要去看个病人。

88_

医院病房内.日.内景.夏

林静将自己的手机和帽子放在床头柜上，拿起旁边小药盒里的药，手臂上的伤疤很明显。

林静端起水杯，把手里的药递给披头散发躺在床上的施洁。

施洁像死尸一样躺在床上一动不动。

林静强行把药塞到她嘴里，刚想给她喂水，他的手机突然有短信的“嘀嘀”声响起。

施洁腾地从床上跳起来，冲过去把手机抓到自己手里。

林静一把从施洁手里抢过自己的手机。

89_
茶室.日.内景.夏

茶室的过道，穿着检察官制服的林静走过来，推开一个单间的门。

林静看见郑微坐在里面，朝她笑笑。

郑微（讥讽地）：你好，林副检察长！

林静：你好，小飞龙！

林静坐了下来。

郑微（冷笑着）：你一逃就是七年！你知道你对我撒了个

什么样的弥天大谎!

林静（调侃地）：这么直接啊？我还准备说点过场话呢？

郑微：比如呢？

林静：比如我老了，你都长这么大了，越来越漂亮之类的。

郑微：太像国产电视剧了，怎么也得用译制片的级别吧！好歹你也是海归呀！

林静：我没去美国，一直在这个城市待着。说来话长，拣重点的说吧！后来我去你们学校找过你，也给你打过电话，在你们学校的电话亭……

- 闪回 -

89A 建筑学院校园.夜.外景.冬.53场的再现

郑微看着陈孝正，脸上闪现出一层幸福的光。

郑微蹦蹦跳跳地离开。

郑微心潮澎湃地往前走着，忽然停下脚步，低头往自己的脚上看。

林静躲在电话亭前，目击了这一幕。

林静（画外音）：……我看你和他在一起笑得那么甜

蜜，我当时就想，即使你眼前的那个人是我，我也未必能让你的笑容比那一刻更幸福……

- 闪回结束 -

茶室。

林静和郑微对峙着。

林静：同样的笑容，我曾经在你妈妈脸上也见过……

- 闪回 -

89B 林静老家的街上.日.外景

林静和一个男友各自拿着羽毛球拍，走在人行道上。

林静无意间向路对面看去，竟然发现五十多岁的父亲站在一家美发厅外面抽着烟。

林静刚要过去和父亲打招呼。

郑微的母亲从美发厅推门而出，她新做了发型，笑容灿烂眉目含情地朝林静父亲走过去。

林静的父亲看到郑微的母亲，随即也报以灿烂的笑容。

两人并肩离去。

林静（画外音）：我一直以为自己是天之骄子，父慈母爱，无限幸福。直到有一天，我在大街上目击了你妈和我爸的奸情……那一刻，我全部的青春坍塌了……

- 闪回结束 -

茶室。

林静依然盯着郑微。

林静：所以你犯不着对我生任何气。这七年我整个就一亡命之徒！直到我老爹去世我都没原谅他！我绝不是什么圣人！

郑微惊呆了。

- 闪回 -

89C 林静家的灵堂.日.内景

林静父亲的遗照。

屋子里有很多人，有人在安慰林静的母亲。

郑微和母亲走进来，郑微走到林静母亲跟前。

林静母亲根本不看郑微和她妈妈，铁青着脸，站起来离开。

旁边的人都有些诧异。

郑微错愕地望了母亲一眼，母亲脸色阴沉。

- 闪回结束 -

90_
丽姿酒店包间.夜.内景.夏

郑微、阮莞和她的新男友吴江一起吃着饭。

吴江周周正正，一副知识分子的模样。

郑微不时迅速地打量着吴江。

吴江抬眼看了一眼郑微，郑微客气地笑笑。

吴江：郑微，把我的印象分打高点儿啊，你现在可是垂帘听政！

郑微：那你可得卖力演出啊，把所有的绝活儿都拿出来！

吴江：一定一定！

吴江的电话响了，他拿起来看了一眼。

吴江：不好意思，医院的电话，我出去接一下。

吴江出了门。

吴江一走，郑微严肃地问阮莞。

郑微：你爱他吗？

阮莞（平静地）：只见过六次，能有多爱！不过他挺好的，早些年为了学业没顾上感情的事，后来回国了，工作又一直忙，他跟我一样都是为了结婚找对象的，虽然认识的时间不算长，但我相信他会是一个好丈夫。他已经跟我求婚了，也许错过了他，我未必遇得上更好的，爱上他大概也没那么难。

郑微冷笑着，还没等她说话，一对六七岁肥胖的双胞胎男孩冲进来，手里拿着水枪，到处乱滋。

郑微和阮莞赶紧伸出手护着脸，慌乱地躲闪着。

黎维娟紧跟着走进来，朝两个双胞胎怒目横眉地吼。

黎维娟：两个小王八蛋，给我滚出去！

两个双胞胎继续滋着水，旋风一样地跑出去了。

黎维娟一身大名牌，手链、项链和耳环都披挂在身，她在郑微身边坐下来。

黎维娟：妈的！你们看见了吧，我老公他前妻也不知道怎么教育这俩王八蛋的！

郑微：你这后妈任重道远啊！

黎维娟：我心宽着呢！我得赶紧生我自己的孩子。

阮莞：他都五十多了，生得出来吗？

黎维娟：我准备人工授精，也弄俩！三个负担太重！

阮莞和郑微乐不可支。

黎维娟：我要是给他生出儿了来，这几间酒楼就得划我名下。哎，郑微，我看这姓吴的医生挺靠谱的！阮莞，你俩的婚礼就在我这里办，我全包！

郑微（开玩笑地）：我也结！

黎维娟：你跟谁结啊？我看你是把自己砸手里了！

91_
郑微办公室.日.内景.夏

郑微坐在电脑前，与林静用QQ聊天。

林静：晚上想请你吃饭，可以吗？

郑微：可以，但我请！

92_
铁板烧烤店.夜.内景.夏

郑微和林静坐在一起。

郑微：我以为你不会再跟我见面了。

林静：为什么呢？

郑微：是不是你发现我过得没有你想象中的幸福，所以你准备回头来拯救我？林静！我不再是那个小飞龙了，我爱过别人！如果说你给过我爱情梦想的话，那陈孝正才是真正给了我爱的启蒙的那个人，我是因为他才学会怎么去对一个人好，怎么千方百计地去爱！

林静（淡淡地）：可他并没有跟你在一起！

郑微：那又怎么样？我还会不断地去爱！你呢，你爱过谁？

林静：一辈子那么长，一天没到终点，你就一天不知道哪个人才是能陪你走到最后的。有时遇见一个人，你以为就是她了，其实她也不过是你人生中的一个过客而已。

郑微：也许根本没有终点！终点早就在过去的某个时刻永远地消失了！

[林静的幻想：

第3场的再现，一个南方省城的火车站台上。

火车站台上，旅客们都已散尽。

郑微一个人孤零零地站在行李旁，焦急地四下张望，在等着什么人。

林静兴高采烈地出现在火车站站台上。

林静（冲着郑微喊）：郑微！]

93_

医院病房内.日.内景.夏

林静拿着一张报纸心不在焉地看着。

施洁依然躺在病床上。

94_

陵园.日.外景.夏

陵园的林荫道上，老张摆了张桌子，桌围子上写着：传记公司，下面是一行泰戈尔的诗作为广告语：天空没有痕迹，但鸟儿已经飞过。

有人手里捧着鲜花，有人拎着装满冥物的袋子，从老张的桌前经过。

路过的人都朝他这边看。

有一个老太太好奇地过来询问。

老太太：小伙子，你这传记公司怎么服务啊？

老张（亲切地）：我们给去世的人写传记。您说多数人一辈子都是默默无闻的，什么也没留下，这让亲人多遗憾哪！

其实每一个人的一生，都是一本动人的传奇，值得后人永远怀念！正如我们的广告语说的“天空没有痕迹，但鸟儿已经飞过”。

老太太（点头）：是啊！我去世的老伴儿这一生就挺坎坷的！你们怎么收费啊？

老张：八万字以内不出版，是一万。八万字以上要出版的话，三万。

老太太：我考虑考虑。

老太太离开。

这时，一个一身商务装束的男人走到老张跟前。

老张：这位先生，您要写传记吗？

老张忽然愣住了。

陈孝正站在他的桌前。

95_

郑微家.夜.内景.夏

郑微用遥控器打开电视，然后转身走进厨房去给自己煮方便面。

电视广告的声音呜里哇啦地响着，一会儿变成了一男一女访谈节目的对话声。

女（画外音）：你在美国短短几年的时间，在建筑设计方面所取得的成绩是令人刮目相看的。你真的没有骄傲过，或者说膨胀过吗？

男（画外音）：如果一个人骄傲和膨胀的背后是惨不忍睹的事情，你还骄傲或者膨胀得起来吗？骄傲和膨胀是给别人看的，内心的不堪一击自己最知道！

郑微愣住了，她走出厨房来到电视跟前，诧异地看着。

电视里，陈孝正在接受杨澜的访问。

杨澜：每个人成功的经验不同，那你觉得你成功的经验是什么？

陈孝正：成功这个词挺害人的。我曾经以为我从小到大的道路都精确无比，不能有一厘米的差池，可现在的成功让我觉得是差之毫厘失之千里。我宁可不要现在的这种成功。

杨澜：为什么呢？

陈孝正：因为我的成功是我用做人的失败换来的，得不偿失！

郑微抓起遥控器，“砰”的一声关掉了电视。

96_
路边一家皮具店.日.内景.夏

老张推门进来。

售货小姐低头扫了一眼老张脚上的破鞋，殷勤地迎上来。

售货员：先生，想买什么？

老张巡视着店面。

老张：有大牌的A货吗？我要双鞋和一个公文包。

小姐（会心一笑）：那您来对地方了。

97_

某酒店包间.夜.内景.夏

老张一身假名牌，人模狗样地推门进来。

阮莞、黎维娟以及其他的几个大学同学一起坐着。

老张：两位美女，跟哥哥我热情地拥抱一个！

阮莞和黎维娟看到老张，惊讶地蹦起来。

老张分别与两人拥抱。

两人都祝他生日快乐。

老张：我第一次过生日这么有福气，和两大美女一起用餐！两位姑娘，好久不见，都更加风姿绰约了，让哥哥我后悔当年没下手啊！

阮莞：你饭还没吃，口水就流了一地！

黎维娟：老张这些年你跑哪儿去了？生不见人死不见尸的！

老张（嬉皮笑脸地）：说来话长，这些年我默默耕耘，开了个出版公司。

黎维娟：哟！看来是发了！怪不得在五星级酒店过生日呢！

阮莞：老张你也老大不小了，别整天吊儿郎当的，赶紧娶个老婆吧！

老张（嬉皮笑脸地）：我这样的人娶个老婆，才是暴殄天物呢！再说了，男人一旦见过了玫瑰，就看不上野草。哎，我今天带了位神秘嘉宾！

黎维娟：是陈孝正吧？我听说他最近从美国回来，都成著名设计师了！他和一个美国女人结婚又离了，生了个混血女儿，可漂亮了！他博客上面有他女儿的照片呢！今天我得宣布个秘密，当年差点儿暗恋他。

正说着，西装革履的陈孝正拎着一瓶红酒走了进来，朝大家打招呼，对老张说了声“生日快乐”。

黎维娟囧得满脸通红。

98_
酒店包间外.夜.内景.夏

郑微抱着一束鲜花从电梯里出来。她走到包间外，从窗户里看到了陈孝正正和大家谈笑风生。

郑微怔住，扭身又离开。

99_
建筑学院篮球场.夜.外景.夏

郑微独自坐在母校篮球场的观众席上，幽暗处隐隐有成双成对的学生恋人的身影。

郑微口袋里的手机响了起来。

郑微接起电话。

郑微：喂？哪位……

天上的月亮又圆又大。

陈孝正出现在篮球场上，他看见坐在台阶上的郑微，朝她走了过去。

陈孝正坐到郑微旁边。

郑微也不回头看。

陈孝正点燃一支烟，深深地吸了一口。

郑微：真可笑啊，你也抽起烟来了！人生真是讽刺，一个人竟然会变成自己曾经最反感的样子！

陈孝正：是啊，我现在的样子我自己都反感！

郑微：是吗？你的人生一厘米都不会差的！

陈孝正：其实我是个残疾人！

郑微（讥讽地）：您太客气了！你得到了自己想要的一切！你不是说过人首先要爱自己吗？

陈孝正：我这次回国其实是为了来找你！

郑微：千万别！还是你说的，有些苦尝过一次就足够了！

陈孝正：郑微，你当然应该恨我！

郑微：你高估自己了，我不恨你，我只是鄙视你！

陈孝正：你可以认为我是个唯利是图的人，我太急于摆脱我卑微的出身了。我承认，连我的婚姻都是功利的，我是为了拿绿卡。如果我还残存一点点良知的话，我知道你是我唯一爱过的人！我甚至觉得自己是个爬行动物，只有和你在一起的时光是直立行走的！

郑微：我曾经以为我没有你的爱会死，其实爱情死不了人。它只会在最疼的地方扎上一针，然后我们久病成医，我们百炼成钢。陈孝正，我很庆幸我终于可以不爱你了！现在我们彼此都是无用之物！你可以走了！

陈孝正：我来找你绝不是为了重拾旧情，我不配！我来找你，是要重新爱你！谁也没有权利剥夺一个人获取新生的愿望！

陈孝正说完起身离去。

郑微默然呆坐，过了一会儿，拿起电话，拨了号。

郑微：我能见你吗？

100_
建筑学院门口.夜.外景.夏

郑微站在学院门口，一辆出租车停下来，林静从车上下来，走到郑微身边。

郑微发现，林静的头发凌乱，白色的衬衣上沾满红酒的印迹。

林静下意识地看了看自己的衣服。

林静（苦笑道）：刚才喝了点儿酒，被你的电话吓了一跳，衣服没换就跑了出来。

郑微：学会酗酒了？

林静笑而不答。

郑微：林静，你爸爸和我妈妈比我们牛！他们爱得起！如果我牺牲掉我的感情，能成全他们，我毫不吝惜！林静，你认识我十七年了，我一直把你当作我最亲近的人。我们做不了情人！难道做不了情人就必须恩断义绝吗？这几年，如果你有一点儿胸怀，给我一个问候，我们都不会成为今天的样子！林静，你欠我的！

林静忽然上前抱住了郑微，亲吻了她。

101_
婚纱店.日.内景.夏

阮莞穿了一身白色的婚纱站在镜子前，郑微站在她身边欣赏着。

郑微：不论什么样的女人，一旦穿上婚纱，都变得让人心动！

阮莞：昨天我接到一个电话，你猜谁的?

郑微（鄙夷地）：赵世永？

阮莞：他听说我快结婚了，是从别人那儿问到我的手机号码的。

郑微（怒道）：他打这电话什么意思？

阮莞：山羊皮乐队要来北京演出了，你知道上大学那会儿我们俩对这个乐队多着魔！他想在我结婚前请我去听他们的演唱会，算是圆我们青春的一个愿望吧。

郑微（质问）：你准备去吗？你还有尊严吗？

阮莞：郑微，他再不好，说到底也不是个坏人，他只是懦弱而已。见一面又能怎么样？我也没想过要怎么样！我以为自己已经忘了他，可在接到他电话的时候，我才发现我的心还会跳。他即使有万般不是，终究是我爱过的人！或许见他最后一面回来，我才能死心塌地地过以后的生活，你明白吗？

郑微：我不明白！我只觉得女人很没出息！

102_
一组蒙太奇

山羊皮乐队那首“so young”贯穿在以下画面当中。

阮莞坐在火车上，戴着耳机听着这首歌。

赵世永在另一列火车的过道处，同样听着这首歌，看着窗外。

傍晚。车站月台，阮莞拎着个旅行包从火车上下来。

傍晚。赵世永坐在出租车后座，看着窗外北京的街景。

马路边，阮莞招手打车。一辆辆的出租车从阮莞身边驶过，阮莞非常焦急。

赵世永站在北京体育馆入口处焦急地等待，他不断地看着手表，又抬头向远处张望。

阮莞坐的出租车被堵在路上，动弹不得。她着急地看一下手表，然后掏钱给出租车司机，推门下车。

阮莞拎着包，一路小跑。

北京体育馆前的入口处已经没什么人了。赵世永一个人焦虑地张望着。

阮莞气喘吁吁地跑到了一个十字路口，红灯亮着。她都没顾上看红绿灯就穿过马路。

阮莞跑到马路中间，这才抬头发现是红灯。她犹豫了一下又往回撤，刚跑两步，被一辆疾驰而来的车撞飞了。

音乐戛然而止。

103_
北京某医院太平间.日.内景.夏

郑微和黎维娟推开太平间的门。

太平间的一张床上，是盖着白布的阮莞的尸体。

阮莞的未婚夫吴江和赵世永守在一边。

赵世永正抱头抽泣。

吴江神情恍惚。

郑微和黎维娟愣愣地走到阮莞的尸体旁边。

郑微掀开白布。

阮莞头上包着绷带，渗着血迹。

黎维娟失声痛哭。

郑微望着阮莞的尸体。

郑微：阮莞，你是全世界最蠢的傻瓜！我不会为你哭的！你为一个小男人死得太不值了！你一辈子只有那么点儿为爱情牺牲的出息！你的目标达到了，你满意了吧？你会让所有爱你的人恨你的！（忽然失声痛哭）你对不起大家！这世上除了爱情还有别的呢！你太自私了！我看不起你！

郑微哭着跑了出去。

黎维娟哭着追了出去。

赵世永泣不成声，掩面痛哭。

104_
林静住处.半夜.内景.夏

郑微脸色憔悴地站在门口敲门。

满脸睡意的林静打开门，惊讶地看着郑微。

林静：你怎么大半夜跑来了？

郑微：林静，即使里面有别的人，我也要进来！

林静侧身让她进来，关上门。

郑微猛地扑入他怀里，紧紧抱住他。

郑微痛哭。

林静：怎么了？别哭，先告诉我出了什么事！

郑微：林静，跟我结婚吧！我会跟你相依为命的！

林静疼爱地抚摸着她。

郑微：求求你！让我嫁给你！

林静动情地亲吻着她。

105_
某写字楼里.日.内景.夏

陈孝正站在几十层高的落地窗前眺望着脚下的城市，然后回头看身后的老张。

陈孝正：你过来看呀，景色很棒！

老张：别！我有恐高症！你觉得不错就租下来吧。

陈孝正：你也得拿主意呀，你可是我的合伙人！

老张：得了，我就是你的马仔！咱们设计公司准备起什么名儿啊？

陈孝正："微观世界"，怎么样？

老张：跟郑微没关系吧？

陈孝正：你随便猜吧！

106_
婚纱店.日.内景.夏

郑微独自站在一面大镜子跟前，试穿着婚纱，她平静地端详着自己。

[郑微的幻觉：

阮莞笑容灿烂地走到郑微的身旁。

郑微扭头看到她，微笑着流出眼泪。

阮莞：你说过的，不论什么样的女人，一旦穿上婚纱，都变得让人心动！]

郑微泪流满面。

107_
林静父亲坟前.日.外景.夏

郑微和林静各自把一束花放在墓碑前。

林静：爸爸，对不起！是我的狭隘让我们俩共同的生命中少了七年的时光！

郑微：林伯伯，原谅林静吧！我要嫁给他了！祝福我们吧！

108_

高速公路上.日.外景.夏

林静开着车，郑微坐在一旁。

郑微：可以给我讲讲你刀疤的故事吗？

林静：你终于问到了！

- 闪回 -

108A 建筑学院校园.夜.外景.冬.53场的再现

郑微看着陈孝正，脸上闪现出一层幸福的光。

郑微蹦蹦跳跳地离开。

郑微心潮澎湃地往前走着。

林静躲在电话亭前，目击了这一幕。

林静忧伤地离开电话亭，朝另外一个方向走去。

他走过研究生宿舍楼下，突然从空中传来一个女生的尖叫声。

一块玻璃落下来，正好砸到他的右胳膊上，随即哗啦啦落在地上，碎成一片。

林静低头一看，右胳膊上的伤口往外翻着，血流如注。

林静有些傻了眼，抬头往空中看了一眼，又低下头，捂住伤口，迷迷瞪瞪往前走。

从女生宿舍门口跑出一个和林静岁数差不多的女孩，她是施洁。

施洁看见不远处的林静，惊慌失措、跌跌撞撞地跑过去，嘴里喋喋不休。

施洁（神经质地嚷嚷着）：是我的责任是我的责任！我全赔我全赔！你等一下你等一下！

林静好像什么也没听见，还是照样往前走着。

施洁终于赶上了林静，她绕到林静面前，低头看到林静胳膊上手上衣服上的血，立刻翻了个白眼，一下子晕倒在林静面前。

108B 医院病房.日.内景

林静躺在床上，手上打着绷带，昏睡着。

施洁坐在他床边，手托着腮，深情地凝视着林静。

林静睁开眼看到施洁，吓了一跳。林静有些烦躁。

林静：你怎么天天来啊？你不上课吗？你知不知道病人需要静养？你天天来对我是刺激！你要真想祝我早日康复，不要再来就是最好的祝福！

施洁毫不介意，心疼地看着林静。

施洁：我要是个狼心狗肺的人就不用来了，你应该庆幸，我不是那样的人！

林静更不耐烦了，背过身去，不再看她。

108C 林静租的一居室里.日.内景

林静的右手用绷带吊在胸前，左手掏出钥匙开门进去。

林静看见施洁正在屋里拖地，吓了一跳，神色恼怒。

林静：你怎么进来的呀？

施洁继续拖着地，不以为然。

施洁：我配了一把你门上的钥匙，还没来得及告诉你。

林静：你这是溜门撬锁私闯民宅你知道吗？你的歉疚愧意我全收了，你再这么下去就是趁火打劫别有用心了啊！

施洁继续拖地。

施洁：我给你煲了骨头汤，补钙！

林静气得摔门而出。

108D 一个小饭馆.日.内景

林静正和一个女孩子一起吃面。

施洁走了过来。

林静和女孩扫了她一眼，又埋头吃饭。

施洁气定神闲。

施洁：林静，你可以找你的简·爱，你就把我当成你阁楼上的疯女人吧！

说完，施洁利索地掏出一瓶安眠药，仰头倒进嘴里。

林静一个箭步上去，抠她的嘴。

108E 林静车里.日.内景

穿着检察官制服的林静开着车，施洁坐在副座上。

施洁：华龙公司的案子进展得怎么样了？

林静：他们肯定非法转移国有资产，只是苦于无从查证。

施洁：你年纪轻轻就升任副检察长，这个案子是证明你能力的时候。

施洁从包里掏出一摞文件，递给林静。

施洁：这是他们的文件，足够做证据了，我找人偷偷复印了！

林静气得猛地踩了刹车。

林静：谁让你狗拿耗子多管闲事了！你在侮辱我的智商！

108F 林静家.夜.内景

施洁躺在床上，抱着红酒瓶子。

林静站在窗前。

林静：我找到我爱的人了。

林静拎起地上的一个旅行箱，放在床边。

林静：施洁，我们必须分手了！你不要再拿死来威胁我，命是你自己的！你多保重！

施洁把手里的酒一下子泼到林静的白衬衣上。

- 闪回结束 -

车里，郑微和林静都沉默着。

郑微：林静，你爱我吗？

林静：爱情就像一条河，而我们都是瞎子，谁不是摸着石头过河呢！我累了，前面服务站我们休息一下。

109_
高速公路服务站.黄昏.外景.夏

汽车里，林静躺在摇下的驾驶座上睡着了。

林静手机短信的声音将他惊醒。

他扭头一看，郑微已经不在车里。

他拿起手机看，是郑微的短信。

110_
高速公路上行驶的一辆卡车.黄昏.外景.夏

卡车的后车斗里，郑微坐在货物上，看着落日余晖下的山川河流，晚风吹拂着她的头发。她脸上有一种奇异的祥和。

郑微（画外音）：林静，施洁是一个值得你爱的女人，她可以为爱以死相拼，片甲不留！我们应该惭愧，我们都爱自己胜过爱爱情！现在我知道，其实爱一个人应该像爱祖国、山川、河流！好好爱她吧，她是一个被你忽视的花园……

111_
某学校小礼堂.日.内景.夏

小礼堂里坐满了家长和小孩。

许开阳和曾毓带着他们四岁的男孩坐在前排。

朱小北坐在讲台上，她依然是短发，很中性的打扮，只是多了副眼镜。

她声情并茂地讲演着。

她身后的大屏幕上，是电脑桌面上讲座内容的投影。

朱小北：各位家长、各位小朋友，你们是不是觉得学习是件很辛苦的事呢？你们感到学习辛苦，是因为你们觉得学习没有快乐。为什么不快乐呢？那是因为你们没有掌握从学习中获得快乐的方法。我发明的“刘云记忆法”，就是为了让学习变成一件快乐的事情，让所有的孩子变成神童！“刘云记忆法”可以让小朋友们把《道德经》《论语》正背倒背如流，而且，把圆周率背到1000位也不是什么难事儿！下面让我们上一期的小学员来当场验证，我的记忆法是如何让她成为记忆明星的！

座席中，家长和孩子们都兴奋地报数，声音此起彼伏。

大屏幕上打出了观众报的数字序列。

许开阳盯着朱小北，和旁边的曾毓窃窃私语。

许开阳：这个刘云我怎么看着像郑微她们班的朱小北啊？怎么现在叫刘云了？

曾毓（讥讽他）：你是睹物思人吧！想起郑微了？

许开阳：以小人之心度君子之腹！一会儿问问她去，要是她，咱孩子的学费就能免点儿！

曾毓：要去你去啊！

小女孩看着大屏幕，上面写着几百个数字。

朱小北（喊了一声）：停！让我们的测验现在开始！

台上的女孩面向观众，把身后大屏幕上的几百个数字一个不差地正背一遍又倒背一遍。

台下响起雷鸣般的掌声。

112_

后台休息室.日.内景.夏

朱小北正在电脑前弄着什么，许开阳进了门。

许开阳：刘老师你好！

朱小北扭头。

朱小北：你好！你有什么事儿吗？

许开阳：咱们应该是建筑学院的同学吧？我叫许开阳，你是不是叫朱小北啊？

朱小北没有表情。

朱小北：你认错人了，我叫刘云！

朱小北回头继续弄电脑，不再理许开阳。

113_
停车场.日.外景.夏

许开阳和曾毓朝他们的车走去。

他们的儿子在他们身前身后撒欢儿一样奔跑着。

许开阳：她肯定是朱小北，我不会看错的！她为什么不承认呢？还改了名字。

曾毓沉默不语，神思恍惚。

- 曾毓的闪回 -

113A 大学毕业生人才招聘会.日.内景.75场的再现

招聘会现场大厅里，人山人海。

陈孝正排在队末，他身边站着曾毓，两个人隔着一米的距离。

曾毓（激烈地）：陈孝正！全校公派去美国留学的名额只有两个，你别忘了，你那个名额是我让给你的！是我在我爸那儿给你说情你才得来的！你看见这人山人海的学生了吗？跟你我一样，大学几年，都是学建筑出身。这个社会是残酷的，不管你多有才华，没有关系和背景，你一样得在工地上熬！也许三年五年，也许十年八年，不知道哪天才能熬出头！

陈孝正异常地平静。

曾毓尝试着把手放到陈孝正的肩上。

曾毓（尽量平静地）：现在你有两个选择，一是出国深造，放弃郑微；二是你们花好月圆，名额作废！

陈孝正却不落痕迹地避开曾毓的手。

陈孝正（淡淡地）：我会考虑的。

曾毓：我没想跟你怎么样，我不过是爱惜你的才华！

陈孝正转身的时候，视线不经意地碰上身后的郑微，于是露出了笑容。

曾毓同时也看见了郑微，她扭身走了。

- 闪回结束 -

114_
公墓.日.外景.夏

老张一个人站在阮莞的墓前。老张把一束满天星放在墓碑前面，看着阮莞的照片。

老张：你一直不知道吧，那些满天星全是我送的。你知道满天星的花语是什么吗？就是甘愿做配角！没有人知道我一直爱着你。我怀揣着对你的爱，就像个怀揣着赃物的窃贼一样，从来不敢把自己暴露在光天化日之下。现在你的戏码演完了，你谢幕了，可是我这个配角还要演下去呢，并且要演好。

老张说完，从墓前离开。他一抬头，远远地看见郑微走过来。郑微没有看到他，他赶紧向另一个方向迅速躲走了。

郑微拎着几听啤酒，来到阮莞墓前。

郑微看到墓前的满天星，愣了一下。

郑微：阮阮，我放心了，原来有人一直爱着你！

郑微从口袋里拿出两听啤酒，打开一听，把酒慢慢洒在阮莞的墓上。

郑微打开另一听啤酒。

郑微：阮阮，我第一次喝酒是你教会我的，现在我们两个再喝一杯！阮莞，只有你的青春永不腐朽！我现在就像个爱情的寡妇。

说着，郑微把一听酒一饮而尽。

这时，郑微的手机发出短信提示音。郑微从包里拿出手机，打开看。

115_

海洋馆.日.内景.夏

海洋馆里的座位上，观众人数不太多。

郑微和陈孝正沉默地坐在观众席上，安静地看着表演。

他们的前排座位上是一对白发老人。

陈孝正：郑微，我把你叫到这儿，就是想问一句，我还能重新爱你吗？如果我当初没去美国，你会不会给我机会？

郑微一直很平静。

郑微：人生没有如果，也没有续集，并且所有的续集都是狗尾续貂！

陈孝正：可我一直以为我们是序幕。

郑微转头，很郑重地看着陈孝正。

郑微：陈孝正，我们一起度过了青春，谁也不亏欠谁的，青春就是用来怀念的！你能告诉我，那次我们来海洋馆，你对驯兽师说了什么，他就答应让我摸海豚的？

陈孝正笑了。

- 陈孝正的闪回 -

115A 海洋馆.日.内景.夏.77场的再现

陈孝正跑到驯兽师的跟前。

驯兽师抬眼看着陈孝正。

陈孝正（动情地）：求你件事，看见那边座位上的那个姑娘了吗？

陈孝正伸手指向郑微的座位，驯兽师顺着他指的方向，朝郑微这边看。

陈孝正：……我今天想向她求婚，可我没有钱给她买钻戒，她最喜欢海豚，能不能让她摸一下，算是我送给她的礼物？

驯兽师笑了，点点头，朝郑微招手，示意她过来。

郑微欣喜地从座位上一下子跳起来。

郑微满脸洋溢着幸福的光彩，跑了过来。

郑微蹲在水池旁边，摸着海豚。

海豚像情人一样伸嘴亲向郑微的脸颊。

郑微欣悦地嘎嘎笑起来。

定格。

【全剧完】